АНДРЕЙ РУБАНОВ | ВАСИЛИЙ АВЧЕНКО

ШТОРМОВОЕ ПРЕДУПРЕЖДЕНИЕ

Роман
больших расстояний

УДК 821.161.1-311.2
ББК 84(2Рос=Рус)6-44
Р 82

**Художественное оформление
Петра Бёма**

Рубанов А. В., Авченко В. О.
Р 82   Штормовое предупреждение. Роман больших расстояний / Андрей Рубанов, Василий Авченко. — М.: Молодая гвардия, 2019. — 212[12] с.

Перед читателем — творческий эксперимент, первый совместный роман известных писателей, финалистов и лауреатов крупных литературных премий Андрея Рубанова и Василия Авченко. «Штормовое предупреждение» носит подзаголовок «Роман больших расстояний». Санкт-Петербург и Владивосток разделяют 6538 километров по прямой. У неё — Балтика, каналы, Эрмитаж, ночные клубы. У него — праворульные машины, мосты, остров Русский и местная рок-музыка. К чему приведёт случайная встреча двух людей на краю земли? Есть ли шанс у их отношений? И какие опасности таит Японское море?

**УДК 821.161.1-311.2
ББК 84(2Рос=Рус)6-44**

знак информационной продукции **16+**

ISBN 978-5-235-04304-6

© Рубанов А. В., Авченко В. О., 2019
© Издательство АО «Молодая гвардия», художественное оформление, 2019

ЧАСТЬ ПЕРВАЯ

1

В семь часов вечера выезжаю из Большого Камня.

В мае у нас беспроглядные туманы; фары не помогают. А сегодня ещё мелкий дождь. Плюс восемь. И с моря задувает неслабо, баллов, наверное, на пять.

Скоро начнёт темнеть; жму на педаль, борзо обгоняю грузовик — а чего он тошнит?

Может, успею до темноты обогнуть залив и дотянуть до Артёма. Там и дорога получше, и фонари есть.

А от Артёма до города машина сама доедет, как та старая лошадь.

У меня шесть фар: две родные, две противотуманные и ещё две дополнительные; сам ставил.

Шесть фар — вроде понты, но в туман могут и жизнь сберечь.

Или повернуть её, жизнь, в другую сторону.

Так у меня и получилось.

У выезда из Камня на находкинскую трассу — пост автоинспекции, защищённый двумя бетонированными пулемётными гнёздами. Пост давно закрыт-заколочен — но выглядит всё равно сурово.

Пулемётных гнёзд и прочих разнообразных укреплений в нашем краю достаточно.

Чего-чего, а этого — на каждом шагу.

А сбоку от поста — автобусная остановка.

Увидел: маячит одинокая фигура. Девушка.

Одета нарядно и слишком легко для нашего Приморского мая.

В свете моих фар вспыхивает золотым отражающая краска на её нарядных кроссовках.

Я едва различаю силуэт в неверной серо-белой дымке, но уже вижу — замёрзла донельзя.

И ещё понимаю: человек не местный.

В начале мая в Большом Камне никто в таких невесомых плащиках не ходит. Куртка нужна, с обязательным капюшоном. И ещё хорошо бы свитерок поддеть.

А ещё лучше — вообще не передвигаться пешком, а ехать на машине, с печкой, с подогревом сидений, с музыкой, и чтоб под капотом сто сорок лошадей буянили, а то и двести сорок, с турбиной.

— Девушка, вам куда?

Красивая очень. Большие глаза. Лицо бледное. Улыбка осторожная. Боится.

Но меня бояться не надо, особенно девушкам, я человек добрый, спокойный и хорошо воспитанный.

Положительный.

— Мне на остров Путятина.

— До Путятина, — говорю я, — дороги нет. Дорога есть до Дуная, а там паром.

— Мне как раз и нужно на паром. Последний.

— Садитесь, — говорю. — Попробуем успеть.

И расслаблен при этом, уверен, улыбаюсь, потому что бензина у меня почти полный бак: днём в городе заправился.

А с полным баком — жизнь прекрасна, можно и до Дуная смотаться, и обратно.

Незнакомка в плащике колеблется.

Вокруг — ни одной живой души, пустая мокрая дорога, дождь сеет, жалкий фонарь сам себя освещает, сопки едва видны в тумане, нависают многозначительно — всё как в классическом фильме ужасов: юная дева и подозрительный небритый малый на потёртой «тойоте» с правым рулём.

Случай типичный и мне очень понятный: девчонка так замёрзла, что готова прыгнуть в тачку к любому маньяку, лишь бы отогреться.

Плащ мокрый, волосы — длинные, чудные, каштановые — мокрые.

Тут же спешит пристегнуться, ремень поперёк груди тянет.

— Вы не местная, — говорю я.

— Угадали, — отвечает она. — Вообще не местная. Из Петербурга.

— Ничего себе, — говорю я. — Далековато забрались.

— Была причина, — коротко отвечает она.

А я прибавляю ход.

Девчонки бывают двух типов: одни боятся быстро ездить, а других лучше катать на большой скорости, им это нравится; однако в тумане на мокрой дороге особо не разгонишься.

Ситуация, ещё раз говорю, страшно типичная.

Девушка садится к тебе в машину, с холода, и когда закрывает дверь, когда тепло окутывает её, когда она проникается уютом твоего салона, как будто в гости попала, а внутри у тебя — чисто, коврики вымыты, сиденья пылесосом отдраены, панельки протёрты до зеркального блеска и, главное, пахнет хорошо, потому что ты не куришь, а самое наиглавнейшее — музыка, конечно; тогда незнакомка испытывает настоящий приход, вроде наркотического, только лучше и бесплатно.

Это как танец: не опасная, но явная близость.

Я ставлю ей Панфа, «Молодость».

Драйвовая штука, бодрит очень, особенно в тумане, если погромче сделать.

Но пассажирка просит убавить звук.

— Это кто?

— Иван Панфилов, — отвечаю. — Главный наш рокер. Владивостокский.

— Я только Лагутенко знаю.

— Лагутенко весь мир знает. Но Панф не хуже.

И я опять добавляю громкость.

Тут есть правило: прибавил громкость — прибавил скорость. Это работает. Нравится всем. И девчонкам, и мне самому.

Но сейчас прибавлять нельзя: туман сгущается.

Редкие встречные все светят дальним светом.

Мне хорошо.

Молодость — это круто. Незнакомая девушка рядом — это круто. «Тойота-целика» — это круто. Полный бак — это круто. Панф — это круто. У него и про «целику» упомянуто.

Проехали мимо Крыма — она увидела указатель, засмеялась.

— У вас тут и Крым есть!

— Есть, — ответил я. — И свой Крым есть, и свой Дунай, и Новороссия. И даже Новая Москва. У нас всё своё.

— Только, — говорит она, — в вашем Крыму холодно.

Я отвечаю известной шуткой:

— Широта крымская — долгота колымская!

Но она только вежливо улыбается, и я понимаю — рядом со мной совершенно сухопутный человек, широту от долготы не отличает.

И я показал ей влево.

— Если бы не туман, вы бы увидели «Адмирала Лазарева». Атомный ракетный крейсер. Давно на приколе стоит. Никто не знает, что с ним делать. То ли чинить, то ли в Китай на иголки продать...

— Почему на иголки? — опять не поняла, в глазах интерес.

— Это такая поговорка, — говорю я, — морская. «На иголки» или «на гвозди» — в смысле на металлолом. Китайцы наш металлолом покупают с удовольствием. У нас люди на этом деле миллионы поднимают. Только, прежде чем переплавлять корабль, его надо поджечь, чтоб всё дерево выгорело, пластик там и прочее... Зрелище страшное.

— У вас тут, — говорит она, — вообще страшновато.

— Нет, — говорю, — зря вы так. Это с непривычки. У нас красиво, очень. Особенно летом. Я вам больше скажу, это место — самое красивое на земле. Лучшее! Сопки! Тайга! Заливы! Бухты! Мосты! Вы наши мосты видели?

Не видела.

Оказалось, только два дня как прилетела и не только ничего не видела, но и вообще плохо соображает; между Владивостоком и Петербургом семь часовых поясов. Днём хочет спать, ночью наоборот; джетлаг.

— Это ничего, — говорю я, — пройдёт. Это с непривычки. У моего друга мать — адвокат, она по два раза в неделю в Москву летает и обратно.

Сказал — и испугался. Сейчас спросит — «а вы в Москве были?»

И придётся ответить: ни разу на самолёте не летал, ни в Москву, никуда, нигде не был, кроме Суньки. Да и не тянет.

Мне и тут отлично.

Ругаю себя мысленно. Давно ведь взял за правило: просто так воздух не сотрясать. Говорить только о том, в чём понимаю. Если в авиаперелётах — два по пять, в смысле не понимаю ничего, — зачем рот раскрыл?

Закрой, сойдёшь за умного.

На въезде в Дунай стоит, как положено, указатель с названием населённого пункта. Букву «н» какой-то шутник переправил на «б», и получилось: «Дубай».

До пирса добрались вовремя, даже с запасом.

Хотя это было скорее воспоминание о пирсе — бесформенные ржавые железки. А рядом, в воде, догнивал корпус какого-то допотопного судёнышка.

Паром с немудрящим названием «Путятин» уже грел машину, распространяя любимый мною запах дизельного выхлопа, — он смешивался с запахом большой воды и гниющих водорослей; так пахнет морякая свобода.

Группа пожилых граждан в камуфляже и ветровках, с сумками и канистрами (на острове заправок, естественно, нет, а кое-какой транспорт есть), ожидала начала посадки. У пожилой женщины на руках ребёнок, у молодой — собачка на поводке.

На маленьком — 20 километров в длину — острове всего один посёлок, и обитает там примерно тысяча человек; точного числа никто не знает, да это и не нужно: тут край земли, дальше — только 700 миль воды до Хоккайдо.

Когда-то певец-бард и актёр Визбор — который «милая моя, солнышко лесное» — даже песню сочинил:

Снова плывут на закате
Мимо него корабли,
Маленький остров Путятин
Возле великой земли...

Моя пассажирка пригрелась, расслабилась и явно не очень хотела вылезать из машины. Вдобавок и обстановка на пирсе не внушала радости — грунтовый пятачок, старые рваные покрышки на обочине, ларёк с сигаретами и пепси-колой, будка-«вокзальчик», где продают билеты.

Билет с материка на остров — десять рублей. Обратно — бесплатно. С машины — семьсот. Но это — сейчас. А в сезон, когда пойдёт турист, с человека будут брать сто пятьдесят, а с машины две с половиной тысячи, и ещё надо звонить и в очередь записываться, потому что паром один, а желающих погонять по острову на четырёх колёсах будет множество.

Пока не сезон.

Дождь. И ветер усилился. Гонит капли по лобовому стеклу.

Пассажиры-островитяне все в толстых куртках, в шапках.

Незнакомка собралась с духом:

— Сколько я вам должна?

— Девушка, — сказал я, — по нашим ценам вы мне

должны пятьсот рублей. Но это потом. Сначала скажите: вас на Путятине кто-нибудь встречает?

— Нет, — ответила она, — пешком дойду. Там недалеко.

— Пешком, — сказал я, — будет темно и холодно. Давайте я вас до места провожу. Раз уж впрягся. А машину тут оставлю. На паром можно и на машине заехать, только это будет дорого. Семьсот с тонны веса.

— Да, — говорит она, — дорого.

— Привыкайте, — говорю я. — Вы в Приморье. Тут у нас всё дорого. Кроме жизни. Предлагаю вариант: машину оставляем, садимся на паром пешеходами, потом я вас до дома провожу, потом обратно вернусь.

И она быстро согласилась — так быстро, что я загордился даже. Подумал, что я ей понравился.

Или машина моя понравилась, с шестью фарами.

Или музыка. Или всё вместе.

С девчонками у меня получается не очень.

Девчонкам нужны так называемые «отношения».

Слово это ужасное, рифмуется с ещё более неприличным словом «сношения» и имеет отчётливый фрейдистско-гинекологический привкус.

«Отношения» — это значит: перезваниваться по пять раз в день и встречаться трижды в неделю.

А у меня такой возможности нет, я работаю с утра до ночи, с единственным выходным днём; не высыпаюсь, устаю, денег всегда в обрез; каждый день нервные ситуации, бывают и скандалы, и разборки даже. Сил едва хватает, чтоб вечером добраться до койки и душ принять, грязь из-под ногтей вычистить.

Колёсами заниматься — дело хлопотное, муторное. Где деньги — там всегда хлопоты, грязь и нервы.

Я не давлю на жалость, нет. Приморцы не жалуются. Мы — счастливые, везунчики, избранные, мы живём в лучшем месте Земли; второго такого города, как Владивосток, нет, поверьте.

— Меня Варя зовут, — говорит она. — Варвара.
— Виктор.
Она протягивает узкую горячую ладошку.

Она сильно моложе меня, и ладонь её гораздо слабее моей сбитой коричневой клешни.

И пожатие её мягкое, мгновенное, стеснительное.

И вся она, Варя из Петербурга, кажется мне чрезмерно слабой, чужой, посторонней. Нежной, наивной, не приспособленной ни к острову Путятина, ни к Приморью. Пришелицей с отдалённого Запада, из неведомой столицы, где я никогда не был и вряд ли побываю в ближайшие годы.

Что такое Петербург?

Этот город находится на другом конце глобуса.

Моей фантазии едва хватает, чтоб вообразить такие масштабы и такие концы.

Но я только солидно киваю: конечно, известное дело, в школе проходил, и в универе ещё раз прошёл, Пётр Первый, окно в Европу, революция, Владимир Ильич Ленин и так далее.

И вдруг — пока киваю, с вежливой улыбкой — до меня доходит, совершенно отчётливо, или, как говорит мой надёжный партнёр Серёга Мариман, доходит *конкретно*: если я сейчас повезу её на Путятин, то обратно вернусь только завтра.

Потому что этот паром на сегодня — крайний, а следующий будет в восемь утра.

Более того, если я перетопчусь ночь на острове и с утра выберусь обратно в Дунай, то по пути назад, в город, попаду в утренние пробки, наши всеми любимые и широко известные владивостокские пробки; дома буду в лучшем случае в полдень.

Хорошо, что завтра — понедельник, мой выходной.

Но это не всё: ещё через пять секунд до меня доходит, ещё более отчётливо и конкретно, что я совершенно не беспокоюсь по поводу обратной дороги и утренних пробок и что спалю бак бензина — тоже не беспокоюсь.

А беспокоюсь только насчёт девушки Вари из Петербурга.

Закрыл машину, куртку натянул. Взял обычный комплект: нож, фонарь, три зажигалки, бутылку воды и сухие носки — на случай, если ноги промочу.

Купили билеты, сели на посудину, пошли.

По спокойной воде паром до Путятина идёт минут двадцать, но сегодня качает, и хотя залив Стрелок от ветра защищён (недаром здесь вояки стоят), — на воде крупная зыбь.

Чуть усилься ветер — и паром бы не пустили, он плоскодонный, плавает примерно как утюг. Однако местные им гордятся. Называется «самоходный плашкоут», построен по образцу танкодесантной баржи, такой посудине и пирс не нужен, — заезжает носом на любой пологий берег.

Сейчас вместо танков с нами на Путятин плыли мирные «грация-вагон» и Honda-CRV.

Пока шли — Варю укачало и, как я понял, даже стошнило; дважды бегала в гальюн. Я деликатно помалкивал. У сухопутных людей всегда так.

В проливе, за мысом, мелькнул свинцовый борт — военный катер, едва видимый в сгущающейся темноте; прошёл на огромной скорости и канул.

Здесь были тайные, заповедные места, а до недавнего времени и вовсе засекреченные, режимные, военно-морские. По тайге не погуляешь, тут колючая проволока, там блок-пост, попрёшь буром — могут и застрелить.

Всё серьёзно в этой бухте, и если бы не сумерки, на дальнем берегу можно было бы увидеть стоящие в ряд огромные цилиндры, выкрашенные в ярко-красный цвет, каждый — размером с трёхэтажный дом: реакторные отсеки атомных подводных лодок; списанная в утиль, законсервированная, но до сих пор опасная бешеная ядерная сила.

По железной аппарели сошли на берег. Асфальта

на Путятине нет — грунтовки. Летом — пыль, весной и осенью — грязь.

Домишки, магазин, школа, бетонная стела с профилем Ильича... Полчаса мы пробуривались пешком по темноте на окраину посёлка, по наименее интересной части острова. Встречные с нами, как полагается в деревнях, здоровались.

На Путятине я был раз двадцать, — здесь хороши побережья, бухты в окружении скал и есть ещё широко известная достопримечательность, Гусиное озеро, где в августе цветут лотосы, — но Варя не слушала мои рассказы про озеро, лотосы и бухты. Домой спешила; устала.

Немного рассказала про себя.

Я подсвечивал фонарём ей под ноги, слушал и поддакивал.

Здесь, на Путятине, у неё жил дед, отец матери, военный моряк на пенсии.

Этого деда она видела в жизни один раз, в детстве.

Я стал расспрашивать, что за дед-моряк, в каком звании, на каких кораблях ходил, где именно, — но Варя путалась в деталях; то ли капитан первого ранга, то ли второго ранга, то ли просто капитан на каком-то пароходе. Для неё это звучало как китайская грамота, ничего не значило.

После школы поступала в Медицинскую академию имени Мечникова, но не прошла по конкурсу. А в другие институты не хотела: только в Мечникова. Только врачом. Как мать. Но не вышло.

Это была её первая драма, а следом грянула и вторая: в семье начались нелады, папа нашёл другую женщину и решил с мамой развестись. История тянулась года два: наконец, папа оформил развод и ушёл. Семья распалась.

Варе исполнилось 19 лет.

И папу, и маму она любила, единственный ребёнок. Всё как у меня.

— Я тоже у родителей один, — сказал я. — Прекрасно понимаю, что вы пережили.

— До сих пор не пережила, — ответила Варя, — ужасно это. Невозможно. Были нормальные люди — и вдруг перестали быть нормальными. А я же — взрослый человек! Я всё вижу! А они со мной — как с младенцем. Врали оба. Мама врала, что папа одумается... Папа врал, что мама преувеличивает...

Квартира на Васильевском острове, у любимой дочери — своя комната, карманных денег — сколько хочешь. И чем громче отец и мать кричали друг на друга — тем больше денег давали. Компенсировали, в общем. Невыносимо было дома сидеть. Уходила утром, шаталась по городу до ночи. Все клубы обошла по десять раз. Пила то вино, то коктейли. Ночевала у подруг. Примкнула к движению «эмо», покрасила волосы в синий цвет, разочаровалась, отошла от движения. Курила марихуану, таблетки пробовала, «экстази». Бойфренд был, гражданин Финляндии. В Петербург приезжал водку пить; взрослый уже, примерно как я. Хороший человек, но дурак полный. Это у финнов национальный обычай: ездить в Петербург и там нажираться. Тусила с этим финном — быстро надоело. Когда трезвый — он один человек, а зайдёт в два-три бара, опрокинет пять или шесть шотов — совсем другой: горячий финский парень. Расстались. Он потом сто раз звонил и даже преследовал, — еле отвязалась. Не знала, что делать. И тут мать говорит а не желаешь, допустим, прокатиться во Владивосток, к деду? Поживи у него, развейся, смени картинку, деньги — не вопрос, дед тебя помнит, любит и ждёт, если приедешь — он будет счастлив, я с ним уже два раза созванивалась, живёт на краю земли, места красивейшие, икра, крабы, рыба красная, отъешься, на свежем воздухе оттянешься. Папа денег отсыпал, мама денег отсыпала. С одной стороны — прикольно, когда денег полно, с другой стороны — противно, они вроде как откупались, сплавляли дочь подальше. Так всё и произошло. Созвонилась с дедом, которого почти не помнила. Сама купила билет на самолёт. Хотела даже бизнес-класс, но вовремя одумалась: полторы тысячи долларов стоил бизнес-класс. Полетела в экономе, и правильно сделала: почти девять часов в воздухе — нормально, ужин съела, поспала, кино посмотрела, завтрак съела — уже и прилетели. В аэропорту такси взяла.

— И вот я здесь, — сказала она немного принуждённо.

А вокруг был мрак, и поворот с грунтовки в какой-то тёмный очкур, и в конце очкура — облезлый дом и фонарь на столбе.

Тут мы расстались.

— Зайдите, — сказала Варя, — хоть чаю выпейте.

По некоторой принуждённости я понял — она, конечно, не так уж и хочет вести в дом совершенно незнакомого человека.

— Обойдусь, — солидно сказал я и потушил фонарь. — Спасибо. За меня не беспокойтесь. Погуляю по берегу.

— Вы будете всю ночь по берегу гулять?

— Давай на «ты», — предложил я.

— Давай, — ответила Варя, — конечно.

— Слушай, — сказал я. — Здесь очень красиво. Я местный, я тут вырос. Я по берегу могу гулять хоть целый месяц.

— Ты, наверное, всё тут знаешь?

— Абсолютно, — сказал я. — От Находки до китайской границы. От Гамова до Поворотного. От Тернея до Хасана. Могу дать телефон, обращайся в любое время. Туристическое агентство «Старцев и партнёры». А ты завтра, как проснёшься, — тоже иди на берег. Морская вода от всего лечит. Бухты здесь — чудо. Камни, прибой, запах. Сядь на берегу и наслаждайся. Купаться не лезь, вода холодная. Подожди до июля. В июле уже хорошо. Или в сопки сходи, тоже хорошо. Тепло оденься, сапоги резиновые — и двигай. Тайга у нас настоящая. Реликтовая. Амурский бархат, виноград, лианы, лимонник. Нигде такой нет.

Я взял у неё телефон и ещё на всякий случай записал телефон деда, Василия Филипповича, этого самого капитана то ли второго ранга, то ли третьего.

Перед тем как расстаться, она снова предложила зайти в дом, но я повторно отказался.

И правильно сделал, как потом выяснилось.

Есть у меня такое качество — в решающие моменты жизни я всегда поступаю правильно, разумно.

Вот и теперь — разумно отвалил.

Попрощался с Варей, кивнул и исчез во мраке.

Она пыталась сунуть мне пятьсот рублей за бензин и за прочие хлопоты, даже вынула из пухлого кожаного бумажника, — помимо воли, безо всякой задней мысли, я кинул взгляд в тот развёрстый бумажник, успел в полумраке узреть плотную стопку пятисотенных и тысячных; серьёзные капиталы, по моим представлениям.

За такие деньги я у себя в контейнерах вламываю примерно год.

Но зрелище чудесного богатства никак меня не задело, не тронуло. Деньги — и деньги. Не мои — её.

Я думал о другом. О Варе.

Хотел посоветовать, чтоб не носила при себе такие суммы, — но промолчал. Ей виднее.

На дворе капитализм, у одних денег больше, у других меньше, ничего особенного.

Я решил провести ночь, блуждая по скалам, вдоль берега острова; не все знают, но в мае по ночам на берегу теплее, чем в стороне от него. Только надо выбирать подветренные места. Начиная уже с апреля поверхность моря понемногу нагревается солнцем — отсюда и наши знаменитые туманы. Вода с поверхности испаряется и восходит в атмосферу.

И шелест, когда волна накатывает и откатывает, — его нельзя игнорировать, его нельзя ни с чем спутать.

Это шум вечности.

Отец с детства таскал меня на охоту. Сейчас дробовик лежит у него без дела — говорит, жалко стрелять в живое. А раньше ничего, не было жалко. Куда мы только с ним не ходили. Так что в тайге я себя неплохо чувствую, всегда сориентируюсь. Выкиньте меня, пустого и голого, на берег или в сопки, с ножом и спичками — через сутки я буду сытый, согретый и весёлый.

Выбрал удобное место, защищённое от ветра. Решил искупаться, — но передумал, в мае вода холодная даже для меня. Была бы рядом маленькая девушка Варя, пришелица с другой стороны мира, — я бы, разумеется, изобразил перед ней героя, показал приморскую закалку, и поплавал бы, и понырял, а потом соорудил таёжный костёр, называемый «нодья», из двух толстых брёвен, положенных одно на другое: горит медленно, даёт ровный жар, на всю ночь хватает.

Но Вари нет. Я, может, её вообще больше не увижу. Кто она для меня? Кто я для неё? Местный парнишка, подвёз, до дома проводил, разговорами развлёк. Она красивая, интересная, умная, таких парнишек вокруг неё вьётся достаточно.

Забудь о ней, Витя, сказал я себе, и пошёл вдоль берега, искать топляк для костра. Под ногами хрустели гребешковые раковины. В тон им шелестела длинная волна.

Некоторые утверждают, что шум ветра и морского прибоя помогает думать, но на самом деле — наоборот, голова освобождается, мыслей нет.

Да и не нужны они.

Набрал белых, сухих, выброшенных морем дровин, запалил костёр. Повеселел сразу и спать захотел.

Сидел на песке у оранжевого огня, на берегу Японского моря, в первозданной тьме. Рад был этому маленькому приключению, наслаждался. Шмотки к утру провоняют дымом — но этот запах у нас в Приморье считается законным, уважаемым. Как и бензиновый... Утром встану, выбью песок из одежды, из волос. Умою физиономию прямо в море, солёной водой, и пойду к причалу. Бодрый, дерзкий, уверенный, как Дерсу Узала.

Дрова быстро выгорали, за ночь я дважды ходил далеко по берегу, собирая всё, что могло гореть. Сильно продрог, и ещё — хотел есть. Весной в лесу пусто, ни орехов, ни ягод. За мидиями понырять — тоже не выход, ночью у нас разве что на кальмара ходят, прожектором приманивая.

Чтоб унять голод, вспоминал всё, что прочитал об острове.

А читал я в своё время много: почти три года учился в университете по специальности «История Дальнего Востока».

Задолго до певца-барда Юрия Визбора, в тридцатые годы, на острове Путятина побывал знаменитый писатель Пришвин. У него есть история о том, как егеря здесь воевали с браконьерами. Убили одного браконьера, из разбитой шлюпки сделали ему гроб и похоронили по-христиански. Но другие браконьеры той же ночью раскопали могилу, гроб вытащили, разобрали на доски, сколотили лодку — и ушли морем.

Вот уж не знаю: труп товарища они увезли с собой или бросили.

История мрачная, но, в общем, обыкновенная для прошлого века, до краёв наполненного войнами и жестокостями.

Хорошо, что я — порождение нового века.

Визбор, допустим, знаменит вовсе не песенкой про остров Путятина, а тем, что сыграл фашистского вождя Бормана в знаменитом сериале «Семнадцать мгновений весны».

И писатель Пришвин известен отнюдь не историями о диком Дальнем Востоке, а описаниями русской природы.

А кроме Визбора и Пришвина никто из деятелей литературы не запечатлел остров Путятина ни в песнях, ни в стихах, ни в романах; никто сюда не добрался, а кто добрался — тот не вдохновился.

Будь я писателем — сочинил бы десять томов. Будь я художником, на манер Айвазовского, — написал бы сто картин.

Но, увы, я в свои почти 26 — никто. Продавец автомобильной резины. И единственный мой талант — умение выживать.

Заснуть так и не сумел. Костерок, несмотря на все усилия, зачах и погас ещё до рассвета.

Чтоб не замёрзнуть, ходил вдоль берега, руками размахивал и даже орал.

Поорать, прокричаться — очень полезно. Так меня отец учил. В тайге, или на морском берегу, или посреди моря в лодке — хорошо заорать во всю силу лёгких, исторгнуть из себя вместе с криком накопившуюся житейскую дурноту, гадкую осадочную муть.

Отец говорил, что крик — очень древняя практика, шаманская, мистическая. Помогает всем без исключения.

И я орал, надсаживаясь, наслаждаясь, а ветер уносил мои вопли в никуда, поглощал и рассеивал.

Наконец, с востока ударил золотой свет — новый день пришёл.

Ещё один длинный день, хлопотный, бешеный, изнурительный — а впереди ещё многие тысячи таких же, длинных, моих собственных; от этой перспективы перехватывало дыхание и сердце билось сильнее.

Там, впереди, в туманной мгле, в шуме волн — целая жизнь, бесконечная и прекрасная, принадлежащая мне вся без остатка.

В восемь утра я был на причале: бодрый и уверенный, как Дерсу Узала, переночевавший на тёплом кане в благоустроенной фанзе у Чжана Бао.

Вместе со мной утреннего рейса ожидали два десятка островитян: кто пришёл пешком, а кого подвезли на мотоциклах. На острове самым популярным транспортом был мотоцикл с приторочённой самодельной коляской — не слишком комфортно, зато дёшево. Кстати, от мотоцикла и пыли меньше. Весомый аргумент для территории, где нет асфальта.

Я поздоровался со всеми. Тут так принято на острове: с любым встречным здороваешься.

Голова шумела — но скорее от впечатлений, чем от холода и сырости.

На телефон пришла записка от Вари:

«Ты как? Вернулся?»

«Да, — ответил. — Всё хорошо. Давай ещё встретимся?»

А сам не вернулся, ещё сидел в ожидании парома, продрогший, но счастливый, обнадёженный.

«Давай, — ответила она. — Я буду рада. Звони».

У причала подобрал молочно-красный, цвета спелой малины, обломок кирпича: на нём уцелела часть клейма — стилизованные буквы А, Д и С. Это значило «Алексей Дмитриевич Старцев».

Забыл сказать: я ведь тоже Старцев.

Брать с собой кирпич было глупо, я положил его там же, где нашёл.

2

Таких, как я, много.

Так мне говорил отец.

Он хотел, чтоб я выучил китайский язык, или японский, или корейский.

Он считал, что знание соседских языков обеспечит мне надёжное будущее.

«Надёжный» — главное слово моего отца.

Так у нас называют эсминцы: «Надёжный», «Уверенный», «Вызывающий» или там «Возбуждённый».

Отец хотел, чтоб я построил свою жизнь на «надёжном» основании.

Сам он посвятил «надёжному основанию» всю свою жизнь.

Отец у меня — инженер-гидротехник. Работает в очень узкой сфере. Строит причалы для кораблей.

Эти причалы воздвигаются на очень надёжном основании.

Моё детство не было особенно весёлым.

Отец в 90-х сидел во Владивостоке без работы больше десяти лет — то водку пил, то сторожем устраивался на автостоянку.

Казалось, что причалы, которые он строил всю жизнь, больше никому не нужны. А нужны парни, которые таскают «доширак» из Пусана, шмотки из Суньки или тачки из Тоямы.

Но вдруг в приморском, тогда ещё закрытом городке Большой Камень стали поднимать судостроительный завод, новую верфь — и жизнь наша полностью изменилась.

Инженеры-гидротехники снова стали нужны. Особенно такие опытные, как отец. Молодых не было, старые все поумирали или вышли на пенсию, так что мой отец пришёлся кстати. Ему дали должность, о которой он раньше и не мечтал. Мы переехали на другой берег Уссурийского залива — в Большой Камень, который в хорошую погоду прекрасно виден из Владивостока, с Шаморы — самого знаменитого нашего пригородного пляжа.

Сначала мы снимали квартиру в Большом Камне («Бигстоун» — называют его местные пацаны), потом купили свою.

Отцу хорошо платили. Он изменился — подвязал с пьянством, пропадал с утра до ночи «на объекте», как он сам говорил.

По воскресеньям, в единственный выходной, отец выходил на лодке в море и ловил рыбу. Возвращался обычно с полным рюкзаком, затем садился вместе с матерью чистить улов. Следующие три дня мы ели только жареную камбалу, часть отец ещё вялил — к пиву самое то; часть раздавал друзьям.

Родители убеждали меня посвятить жизнь изучению языков.

Моя мама зарабатывала переводами с корейского. Устный, разговорный знала средне (сама признавалась) — зато хорошо умела побеждать техническую документацию, вроде инструкций к принтерам или микроволновым печам «Самсунг».

Но быть таким, как мама, я не хотел. Заработки копеечные, а возни много. Главное — работа уединённая, скучная, сидишь дома, словарями обложился, смотришь в экран, зрение портишь.

Никакого драйва.

Маме нравилось; мама моя — домосед, она любит поздно вставать, в окно поглядеть, кофе выпить, потом поработать, потом подремать, журнал почитать, шмотки постирать, с подругами созвониться, потом отца покормить, пришедшего «с объекта», в десять часов вечера.

Царить в доме — это для мамы естественное состояние. Чистота, уют, в холодильнике всегда кастрюля с ухой и банка икры. На полке зелёный чай и соевый соус.

Но я пошёл в папу.

Китайский — стократ трудней корейского. Мало того, что иероглифы, так ещё и четыре тона; я попробовал — и сразу понял, что это не моё.

«Во цзяо Витя» — вот всё, что я выучил.

Японский показался мне гораздо более доступным, хотя тоже — иероглифы. Ещё и две азбуки к ним прилагаются: хирагана и катакана. Язык вывихнешь.

Но — было бы желание, как говорит мама.

Корейский вроде проще: там не иероглифы, а алфавит, как у нас. Но, конечно, алфавит такой, что проще число «пи» выучить до тысячного знака.

Китай — вот он, если по прямой — два броска пустой бутылки. Двести километров — и ты уже в Суйфэньхэ или Хуньчуне. На машине за день можно обернуться туда и обратно. Если на границе не будет затыка. А затыки там не редкость: то таможня что-нибудь начудит, то погранцы.

И Япония тоже здесь, хоть и подальше. От Владивостока до Хакодате, это на Хоккайдо, — 800 километров. Чуть больше — до Тоямы, откуда Серёга Мариман, мой надёжный партнёр и старший товарищ, таскал тачки и резину.

Он, Серёга, однажды притащил и мою «целику»: спорткар, механическая коробка, турбина, 255 лошадиных сил — мечта понторезов.

Ну и до Токио — где-то штука с небольшим. Чуть дальше, чем до Хабаровска.

По нашим меркам — рядом; пароход идёт двое суток.

Сейчас я иногда думаю — надо было послушать отца и выучить японский, это помогло бы мне в работе.

Но уже всё, поздно, я взрослый человек, 26 лет почти. Науки в меня не влезают. Не до того. И так суеты — вал.

По-японски я выучил «коничива» — здравствуйте, «аригато годзаимас» — спасибо (самое важное слово, японцы все вежливые, куда бы деться), ещё счёт знаю: ичи, ни, сан, си и так далее.

«Бензин» по-японски пишется четырьмя иероглифами, а «колесо» — двумя, но очень сложными.

«Машина» по-японски звучит смешно: «дзидося». Или по-другому: «курума».

В 16 лет, в девятом классе, я признался родителям, что не собираюсь учить ни японский, ни корейский, ни тем более китайский, поскольку не имею к этому никакой склонности. Отец был не согласен: не хочешь, упрекал, развивать свои способности... Но я нашёл в Интернете несколько статей — и аргументированно изложил, что не все люди имеют способность к изучению языков, что для полноценного овладения чужими языками, особенно восточными, требуется особый слух, у одних он есть, у других его нет, — у меня слуха точно нет, сто процентов.

Отец расстроился и стал считать меня посредственностью и слабаком.

— Таких, как ты, много, — говорил он мне, когда я с громадными мучениями сдал ЕГЭ.

— Таких, как ты много, — сказал он, когда я подал документы в ДВФУ, в школу искусств и гуманитарных наук, по специальности «История Дальнего Востока».

И в третий раз повторил: таких, как ты, много, — когда я сообщил ему, что съезжаю из родительской квартиры, что снял гостинку и намерен жить отдельно.

Мы не очень ладили с отцом в последнее время.

Он старый, ему 50 лет.

Я очень его люблю, я его единственный сын.

Мать говорила, что они хотели троих детей, но в девяностые им было так худо, что они, родив меня, первого, сознательно оба отказались от второго ребёнка. Предохранялись, наверное; подробности мне неизвестны.

А третьего ребёнка, как известно, без второго не родишь.

Когда дела поправились, уже было поздно.

Короче, я у них один, у папы с мамой.

Оба они сейчас живут в Большом Камне.

Мать занимается домом, хозяйством, доглядывает за отцом. Что-то переводит: ей важно, чтоб у неё был свой доход, хотя они оба уже давно живут на отцовскую зарплату, увесистую.

Отец — заместитель главного инженера по строительству. Зарабатывает столько, что в прошлом году купил себе новую лодку и новый мотор «ямаха» в тридцать кобыл.

Мотор ураганной мощности и такой же ураганной прожорливости.

Уходя в море на весь день, ловить рыбу, отец берёт с собой две канистры по 20 литров.

Бензин — это важно.

Заправить машину или бак лодочного мотора — важнее, чем поесть. Если не поешь — ничего с тобой не случится. Кто живёт на берегу — тот голодным не бывает, если только не совсем богодул. Нечего есть — сходи в море, налови и поешь.

А бензин в море не поймаешь, его надо за деньги покупать. И мотору не скажешь: попаши сегодня без бензина, завтра досыта залью.

Без машины у нас никто не живёт. Невозможно.
Во Владивостоке на 600 тысяч жителей — 400 тысяч машин.
Машина есть и у меня; но о ней потом.
Сначала про отца закончу.
Отец мечтал, что я вырасту его улучшенной копией.
Он полагал — у меня получится всё, что у него не получилось. А что получилось — получится тем более.
Но со временем, вырастая из курток и ботинок, переходя из седьмого класса в восьмой, из восьмого в девятый, — я понял, что не хочу быть, как отец.
Не хочу, и всё.
Это не так просто понять.
С одной стороны, я его страшно уважал, и многому у него научился, и благодарен ему.
С другой стороны, где-то примерно к семнадцати годам я сообразил, что отец не понимает мира, в котором существует.
И Владивостока не понимает.
Владивосток менялся — а отец не менялся.
Мир принадлежал мне, семнадцатилетнему. А не ему.
И вообще он — это он, а я — это я.
Неловко сказать: для него даже эсэмэску написать — было целое дело.
Он умел рассчитать трёхэтажную формулу дикой сложности, но не умел установить на свой телефон навигатор.
И если ему нужно было купить на свой лодочный мотор новый винт взамен погнутого, он садился в ушатанный двадцатилетний «блюберд» и ехал в город, в какой-то магазин, и тратил целый день, вместо того чтоб найти тот же винт в Интернете, вдвое дешевле, или обратиться ко мне, собственному сыну, —

я бы ему этот винт срастил вообще бесплатно, через знакомых пацанов.

Но просить меня — ему, наверное, гордость не позволяла.

Родители мои и моих друзей — почему-то все страшно гордые.

Может, потому что выросли в Советском Союзе.

А я Советский Союз в глаза не видел, ничего про него не знаю, я родился в 1993-м, в школу пошёл в 2000-м.

Уже Путин был, как и сейчас.

Отец мне говорил:

— Ты — мальчишка, ты ничего не понимаешь, ты Брежнева не застал, ты Горбачёва не застал, ты даже Ельцина не застал, ты Черепкова и Наздратенко не застал, девяностых не видел, ты всю сознательную жизнь при Путине живёшь!

Как будто я виноват, что всю жизнь живу при Путине.

Я кивал, помалкивал, а сам думал: ну не застал, не видел, и что? Кто такие Брежнев, Горбачёв, Ельцин? И тем более — Черепков? Чего мне девяностые, они прошли давно! С тех пор целая эпоха минула, 15 лет! Чего мне Горбачёв, который якобы страну развалил, — она ведь не развалилась? До сих пор стоит!

Кто такой Ельцин, я при нём в детский сад ходил, зачем мне Ельцин?

Он ничего для меня не сделал.

Наоборот: из-за него, получается, у меня нет братьев.

Путин вот — сделал, по его инициативе построили университет на острове Русский, мост туда протянули, красивый очень.

Кто бы он ни был, он что-то сделал для меня, пацана из Владивостока.

А что сделал для меня полумифический Горбачёв? Когда отец сказал мне, что он ещё живой, я даже не поверил. Может, ещё и Черчилль живой или кто там, Бисмарк?

К счастью, для меня и моих друзей все эти исторические имена и фамилии немного значили. Все мы, хоть и имели «пятёрки» по истории, на самом деле иногда путали Брежнева с Ельциным (я смотрел хронику — поздний Ельцин говорит ещё хуже позднего Брежнева; а анекдоты отец рассказывает почему-то про Брежнева, «бровеносца»). Оба они принадлежали к дремучей древности — а мы хотели жить в настоящем.

И на своих отцов не оглядывались и не равнялись.

Оглядываться времени нет, жизнь вперёд летит, главное — не отстать.

Мы с пацанами, помню, когда-то цеплялись на ходу к товарному поезду. Длинный лязгающий эшелон у Второй Речки притормаживает, и можно запрыгнуть прямо на ходу, если как следует разогнаться.

Когда, уже держась руками за поручни, отрываешь бегущие ноги от земли, чувствуешь, как тебя подхватывает неимоверная, бешеная сила. Ради этого ощущения мы и рисковали. Упадёшь — стальные колёса пополам разрежут.

Жизнь летит, как тот поезд. Не разгонишься, не прицепишься — отстанешь навсегда.

Про маму я уже достаточно рассказал и больше не добавлю. Это никого не касается.

Мама много для меня сделала, а для отца сделала ещё больше.

Когда я найду нормальную надёжную работу и встану на ноги — я, конечно, и отца с матерью подниму, всё им обеспечу.

Когда это будет — не знаю, но верю, что будет.

3

Фамилия наша — Старцевы.

Я — Виктор Николаевич Старцев; отец мой — Николай Петрович Старцев.

Тут надо сделать небольшое пояснение.

Жил когда-то в Приморском крае купец Алексей Старцев, незаконный сын декабриста Бестужева.

Тот древний Бестужев, аристократ, связался с простолюдинкой, буряткой, а жениться не мог или не хотел: так появился незаконный сын.

Это было очень давно, в лохматые эпохи, в первой половине XIX века.

Алексей Старцев, сын декабриста, долго жил в Китае, потом перебрался в Приморье и частью купил, а частью взял в аренду остров Путятина.

Инициативный, энергичный человек, он построил кирпичный завод и фарфоровую фабрику, разводил шелкопрядов, развивал коневодство и пчеловодство, виноградники сажал, персики выращивал, оплачивал географические и краеведческие изыскания.

По-современному говоря, Старцев был фанат Приморского края.

Он вкладывался во все сферы экономики, не жалея ни денег, ни самого себя.

Почему Старцев учредил все свои предприятия на острове? Очень просто: заселение и освоение Приморского края происходило именно со стороны моря, на суше не было дорог — всё необходимое доставлялось кораблями.

Старцев посвятил Владивостоку половину своей жизни.

Похоронили его на острове Путятина, на горе Старцева.

Кирпич с клеймами завода Старцева до сих пор лежит повсюду во Владивостоке, — крупные и мелкие куски и обломки, но иногда можно отыскать и половинки, и даже целые; в начале XX века едва не половина города была отстроена из кирпича Старцева.

Со времён расцвета предприятий Старцева прошло больше ста лет, теперь мало кто помнит про фарфоровый и конный заводы, — а кирпич остался, он везде.

Теперь признаюсь: к легендарному великому подвижнику Алексею Старцеву я не имею никакого отношения — я просто однофамилец.

Когда представляюсь полным именем, в интеллигентной компании, например на кампусе (говорят, что правильно — «в кампусе», а у нас почему-то принято — «на кампусе», получается примерно как «на районе»), — обязательно кто-нибудь спросит:

— Значит, вы — тот самый Старцев?

И мне приходится отвечать:

— Нет, не тот. Однофамилец.

И каждый раз в такой момент я ощущаю себя героем романа Достоевского «Подросток».

Это единственный роман Достоевского, который я осилил.

Там, в начале, есть монолог героя: его фамилия — Долгорукий, но он, как и купец Старцев, — незаконнорождённый сын, и когда представляется: «Долгорукий», — собеседник обязательно уточняет: «Князь Долгорукий?» — а герой вынужден уточнять: «Нет, просто Долгорукий».

И это вот «просто» — унизительно для него, подростка.

Просто Долгорукий.

Примерно то же самое присходит и со мной. Я говорю «Старцев», меня спрашивают: «Тот самый Старцев?» — а я отвечаю: «Нет, просто Старцев, однофамилец».

Просто Старцев.

Для меня, потомственного приморца, здесь нет никакого унижения; мы тут не считаем себя персонажами Достоевского.

Достоевский жил далеко на Западе, на материке, — а мы живём на Востоке.

На западе, на материке, — своя логика, а у нас — своя.

Это важно.

Будь я понаглее и помоложе — я бы, конечно, никого не разубеждал, а смело констатировал, что я —

30

да, тот самый Старцев, боковая ветвь легендарной фамилии. Или даже не боковая.

И клеймо на кирпичах — моё.

И дом в центре Владивостока, на Лазо, — мой.

И завод на острове Путятина — тоже мой.

Хотя завода никакого давно нет. От старцевского имения «Родное» ничего не осталось, кроме руин и фундаментов.

А кирпичи, куски или даже целые, клеймёные — везде.

Хорошие кирпичи, долговечные, местные жители до сих пор их применяют по прямому назначению.

Скажу одно: быть Старцевым во Владивостоке так же выгодно, как быть Долгоруким в Петербурге сто пятьдесят лет назад.

Практической пользы никакой нет, но интерес вызывает.

4

С утра я, крепко продрогший и голодный, но весёлый и уверенный, переправился на материк, сел в машину, нетерпеливо мигавшую мне из-под стекла маячком сигналки, и поехал в город.

Был понедельник — мой любимый день.

Мой законный и единственный выходной.

В моём бизнесе по субботам и воскресеньям — самая движуха, клиент идёт один за другим.

Все они, клиенты, — обычные граждане, с понедельника по пятницу трудятся, а покупки делают по субботам и воскресеньям.

И не только в моём бизнесе.

Например, мой лучший корефан Димас — добывает свой хлеб в другой сфере деятельности, он бармен в клубе «Козерог» — у него тоже вся нагрузка приходится на выходные дни. Вернее, даже ночи.

А понедельник — священное, сладостное время отдыха и расслабления.

Это приятное и странное чувство: видеть, как сотни тысяч жителей обширного и громадного Владивостока спешат на свои работы и службы, мучаются похмельем, изнывают в пробках, — а я, наоборот, наслаждаюсь свободой.

Когда они отдыхали — я пахал; в понедельник наоборот.

Каждый раз утром понедельника у меня возникает ощущение избранности. Оно, конечно, ложное, — какой из меня избранный? Но всё равно приятно.

Все спешат, а я не спешу.

Нервных, опаздывающих сразу видно — взрёвывают моторами, сигналят, перестраиваются грубо, аж шины проворачиваются по асфальту. А я — спокоен, всех пропускаю.

Не проблема, брат, проезжай на здоровье, тебе нужнее; фарами моргну, рукой махну — давай, проскакивай!

И он проскочит. Ещё и аварийкой моргнёт: поблагодарит.

Долго, со скоростью пешехода, протыриваюсь через город. Там подождал, здесь постоял, тут аварию объехал — пока не вывернул из-под Гоголевской развязки на проспект Красного Знамени, который, если разобраться, никакой не проспект, а нечто вроде ленты Мёбиуса — извивается в трёх измерениях.

Сначала долго газуешь вверх, — зимой бывает очень хлопотно, без полного привода, особенно если снег выпадет, — и только там оказывается, что до верха ты ещё не доехал.

Потом надо свернуть налево, и тогда в поле зрения вползает, закрывая полнеба, мрачная бурая скала. Слева она покрыта травкой, справа — острые камни.

На пустыре рядом — стоянка. Вернее, то, что в протоколах именуется «стихийной парковкой». Никаких чеков здесь, естественно, не дают. В старенькой «короне-зубатке» без номеров со спущенными колёсами греются узбеки — охраняют стоянку, или делают вид, что охраняют. Машины, кстати, здесь стоят вполне приличные, не только «дрова». Моя бешеная торпеда тоже не портит картины.

Ещё выше торчит уже самая высокая здесь сопка, над которой — только небо. «Господствующая высота», полудикая, заросшая. С одной стороны прилепились редкие частные домики и гаражи. Летом там можно жечь костры и жарить шашлыки — если лень ехать в настоящий лес, за город.

Мой дом — ближе других к этой сопке.

Серое девятиэтажное здание в форме правильного параллелепипеда. Внутри — сотни комнатушек, каждая из них, как и весь дом, называется «гостинка».

Здесь стоят четыре таких дома, у всех один номер — 133, но с дробями: 133/1, 133 /2 и так далее. Потому и говорят: «Живу на дробях».

Когда-то здесь были общежития — для моряков, для студентов. Годы постройки — конец семидесятых, я тогда ещё не родился.

Здесь — самое дешёвое, доступное жильё в городе.

Дома принадлежали государству, но однажды подверглись приватизации, у каждой квартиры появился собственный хозяин; затем недвижимость была многократно куплена и перекуплена.

Гостинка — это чёрные грязные коридоры, крытые вздувшимся древним линолеумом, и лестничные клетки, где сняты батареи отопления и где зимой так же холодно, как за бортом.

Гостинка — это серые потолки в хлопьях пыли и свисающие связки электрических проводов, тут и там скрученных и кое-как перемотанных изолентой.

Это наш гарлем.

Но мне тут хорошо, — потому что если человек вроде меня решает поселиться отдельно от родителей, снять жильё — у него только один вариант: гостинка. Всё остальное гораздо дороже.

Отделение от родителей по-английски называется красивым словом «сепарация».

Сепаратист я, в общем.

Это меня отец так назвал.

Мы с Димасом снимаем 12-метровую комнату — три на четыре, как фотография на права. Тесновато, но для двоих — в самый раз.

В подводной лодке, скажем, теснее.

Прихожая — она же и кухонька: тут у нас стиральная машина, хозяйская плитка на две конфорки, чайник, прибиты крючки для одежды.

Сортир с сидячей ванной, малость ржавой. Сантехника — не родная, недавно меняная, неприличной марки Huida.

Четырнадцать тысяч в месяц, с меня семь, с Димаса семь, а если заплатить за полгода вперёд — выходит по шесть с половиной; нормально, посильно.

Зато из окна — вид на залив.

Одно время, когда я вник в тонкости своего бизнеса и начал прилично зарабатывать, появилась у нас идея снять в этом же доме так называемую «элитную» хату, вдвое просторнее, — но подумали и отказались, зачем шиковать? — мы оба домой только ночевать приходим.

Паркуюсь у входа.

Всё, приехал, я дома, я сегодня выходной.

Закрываю тачку.

В салоне остался запах Вари, слабые частицы аромата девушки с Запада: то ли духи, то ли её кроссовки New Balance — такие мне не по карману. Втягиваю ноздрями эти невесомые молекулы, улыбаюсь; с сожалением закрываю дверь.

Проверяю, не попортило ли большие буквы на заднем стекле моей «целики»:

РЕЗИНА ИЗ ЯПОНИИ. ЛЮБАЯ НЕПАРКА. ДЁШЕВО.

А ниже — два ряда цифр, номера телефонов: мой собственный — и моего шефа Серёги Маримана.

Реклама — двигатель торговли. Реклама работает. Я никогда не жгу бензин зря — я провожу рекламную кампанию.

Наша резина объективно самая дешёвая в городе, а может, и во всём Приморье.

Так придумал Серёга Мариман: это называется «демпинг». То есть — дешевле, чем у всех. Хоть на пятьдесят рублей — но ниже, чем у конкурентов.

«Непарка» — это покрышки поштучно. Допустим, вы порвали колесо в хлам, провалившись в незакрытую ливнёвку. Поставили «банан»: убогое колёсико, докатку. Приехали к продавцам резины. А они вам норовят впарить целый комплект или, как минимум, пару колёс. Но вам пара не нужна, вам нужна одна покрышка взамен порванной, причём той же марки и желательно того же износа, что и оставшаяся целой. Вы едете ко мне, и я вам нахожу такую покрышку.

Если в моих контейнерах такой не окажется — найду у пацанов на Снеговой, с которыми мы работаем.

Так и крутимся.

Но про бизнес, деньги и конкурентов — потом; сейчас не хочу даже думать о резине.

Думаю о Варе.

Внутри гостинки — набор специфических запахов. Жареная рыба, свежепостиранные детские пелёнки, пригоревшее молоко и, наконец, — бухло и курево.

Ещё немного тухлым тянет, мусором всяким, гнильём, но ничего, я привык.

Уже говорил: выживать — это мой главный талант.

На лестнице различаю в этом букете бытовой вони сладковатую, характерную нотку — кто-то баловался травой.

Траву я не употребляю, но против особо ничего не имею: это же не героин. Тот же Дерсу считал, что можно есть, пить и курить всё, что даёт нам природа. И сам что-то такое пользовал, я читал у Арсеньева.

Пелёнки у нас в основном сушат не внутри, а «на выстрелах», если говорить по-морскому, — лёгких выносных рамках, торчащих из окон: так жильцы расширяют свои крошечные комнаты, беря недостающие площади взаймы у неба. Был случай, когда женщина, выпав с высокого этажа при мытье окон, не убилась, потому что на каждом этаже затормаживалась — рвала своим телом бечёвки с бельём, ломая эти самые «выстрелы». Покалечилась, конечно, зато уцелела.

Много всякого бывает в нашем доме, — разные живут, алкаши, обкурки и прочие ушлёпки. Но я не согласен с определением «асоциальные элементы»; это элементы самые что ни на есть социальные.

Такой уж у нас социум.

Они, конечно, не составляют в этом обществе большинства, но занимают свою — и довольно интересную — нишу.

Это не значит, что здесь обитают сплошь опустившиеся люди; всякие есть. Интеллигенты. Приезжие. Много студентов. Есть чьи-то взрослые дети, такие, как я и Димас, правдами и неправдами накопытившие денег на минимальное жильё — хоть убогое, зато отдельное и своё.

Многие обитатели этих мрачных многоклеточных домов, особенно молодые девушки-студентки, компенсируют внешнюю беспросветность внутренним весёленьким убранством и собственным вызывающим одеянием. Так что иногда сам не понимаешь, куда вошёл: то ли в гостинку-«хихишник» на Баляйке или там на БАМе, то ли на светский приём или маскарад.

Внутренний мир, говорят, не обязательно соответствует внешности человека. Вот и с этим жильём точно так же.

Мои родители, которые когда-то жили в такой же гостинке, только называлась она тогда общежитием для молодых специалистов, говорят, что двери у них не закрывались — смысла не было. Это была советская коммуна. Потом каждый обитатель поставил себе железную дверь. Из когда-то цельного организма-муравейника гостинка превратилась в сотни изолированных друг от друга комнаток, населённых отдельными индивидами. Между ставшими чужими людьми повырастали преграды, перед которыми бессильны даже показавшиеся бы раньше фантастикой мобильники.

Жизненное пространство, ранее равно принадлежавшее всем, теперь делится между собственниками на клетки: каждый сидит в своей.

А родители говорят, что в их время никаких железных дверей, решёток на окнах первого этажа и шлагбаумов не было. Камер наблюдения не существовало в принципе, в подъездах не валялись шприцы.

Утром в коридорах стоит сплошной замочный лязг и громыхание.

Сначала дом покидает элита — социально активные и адаптированные индивиды, у которых есть ежедневная работа. Напротив меня живёт чиновница краевой администрации — не самого высокого, но и не низкого уровня. Я знаю, что она читает умные книжки — Павича, Кортасара и Сашу Соколова (я у неё брал; правда, толком ничего не понял, а она сказала, что это «постмодернизм»), и ещё она считает себя идейной фашисткой, хотя боится, что об этом узнают на работе.

С этой немного странной женщиной, интересной брюнеткой, у нас одно время что-то намечалось, то она ко мне зайдёт, то я к ней, говорили о всяком разном, о книгах, о политике, о том, что люди продолжают уезжать из города, особенно активная молодёжь, и я, не желающий никуда уезжать, вызывал у чиновницы-брюнетки симпатию; но ничего не вышло, она была старше и зарабатывала больше, я не стал героем её романа; ну и ладно.

Второй сосед — художник, довольно известный. То есть это мы сейчас знаем, что он художник. Сначала думали, что обычный пьяница без затей и идей. Он к нам забегал пару раз — кричал, что мы шумим, что у него ребёнок спит. Однажды — ну мы и правда шумели — так же зашёл, перекрытый в полный умат. «Вы, — кричит, — не знаете, с кем связались! Сейчас приедут мои братья, чеченцы, переломают вам ноги!» Димас — парень резкий, хотел ему всечь, я удержал — не соображает же человек, что говорит, потом самому стыдно будет. В общем, он ушёл, а минут через двадцать в дверь снова начали долбить. Я решил, что это обещанные чеченцы, и говорю: «Палево!» А Димас спокойный, как танк. Стал надевать свои боевые гады — сейчас, говорит, прорублю ему с ходу в башню. Но обошлось: снова зашёл этот синяк, какой-то присмиревший, и давай извиняться: «Я, пацаны, вам лишнего наговорил, зла не держите...» А потом уже мы узнали, что он художник, выставки у него в «Арке» проходят. И не чеченец он никакой — приврал. Картины, правда, у него какие-то странные — я специально ходил смотреть. Тоже постмодернизм, наверное.

Позже, где-то с одиннадцати утра и до вечера, из-за железных дверей начинает выползать «лоу-класс» — то ли работающие посуточно, то ли временно не работающие, то ли профессиональные бездельники. Они как-то существуют, где-то берут деньги на еду и выпивку. Не знаю, как — для меня это тайна. Они ежедневно выползают из нашего серобетонного муравейника, эти люди гостиничного типа. Сидят, вялые, «на кортах», с пивом, с сигаретой. Хмурые, невысокие (бывают и крепкие, но чаще — дохловатые), с тёмно-серыми мордами: морлоки, люмпены, существа без идей.

Мне особенно нравится другая группа — самая молодая, с блестящими глазами голодных волчат. С весны по осень они гужуются на своей любимой скамеечке и возле неё, щёлкают семечки (они их называют «семачки» или «семки»), пьют пиво. То и дело с их стороны раздаются смеховые раскаты, напоминающие закадровый гогот в тупых сериалах. Они, в общем, милы и прекрасны, эти наши местные гопнички, особенно когда спят зубами к стенке. Правда, я не знаю, когда они вообще спят. Иногда, если я пораньше выхожу на работу, я застаю их даже утром. Не спать ночь — не проблема для них. У них избыток здоровья и нерастраченной жизненной энергии. На зиму они, кажется мне, улетают куда-то в тёплые края, а весной появляются вновь, бодрые и весёлые. Без них я даже скучаю.

Своих они не трогают.

А ещё здесь рождаются ангелы. Они порхают по тем же закопчённым гостиничным лестницам, что и мы, дышат тем же смрадным, прокуренным воздухом. Тихо несут свои невесомые волшебные тела с невидимыми крылышками за спиной — чистенькие, с аккуратными причёсочками, светлые девочки.

Куда они потом деваются?

Сейчас я думаю так: квартира должна быть пригодна для проживания, и всё. Тратить заработанное лучше на что-нибудь ещё. Ремонт для меня — это не новый сайдинг или молдинг, а исправление того, что сломалось. Для своей «целики» я всё делаю вовремя, не жду, когда ходовка будет греметь, как ведро с гайками, масло меняю даже раньше, чем нужно. Но это же машина — можно сказать, живое существо, друг.

А как выглядит очередное моё временное обиталище — мне всё равно. Меня тревожит наличие электричества, тепла и горячей воды и, главное, Интернета — остальное по барабану.

Не становлюсь же я хуже или лучше, красивее или умнее в зависимости от того, как выглядит бетонная коробка, в которой я сплю, ем, согреваюсь и храню свои вещи.

Димас, правда, более хозяйственный. Он считает меня раздолбаем.

Мне нравится снимать жильё. Переезжая, я убеждаюсь в том, что моя жизнь продолжается. Появись у меня каким-то чудесным образом собственная квартира — я бы, наверное, утратил это ощущение. Ну и потом, в случае каких-то осложнений из съёмного жилья быстрее и проще съехать. Поэтому можно не бояться испортить отношения с соседями. Я не люблю конфликтов, но люди и ситуации бывают разные. В съёмной квартире проще послать всё и всех подальше.

И ещё — вещи, вещи, гнусное слово. Как «клещи» или «вши». Они заводятся, именно как вши, и держат потом, как клещи. Они похожи на противный грибок или сорную траву. Они стремятся заполнить всё имеющееся пространство, подобно тому как зелёные листья лотоса покрывают всю поверхность пруда, а колонии чёрных колючих морских ежей — всю площадь дна. Если дать им волю.

Вещи нужно травить, как тараканов.

Из вещей мне достаточно джинсов, кроссовок и ключа от машины.

Ещё — телефона, в котором сохранён номер Вари.

5

Захожу домой, наконец.

Димас сидит на продавленном диване, воткнул в уши провода, музыке внимает; перед ним на столе пластиковая фляжка; Димас отдыхает и пьёт виски.

По понедельникам он обычно пьёт, начиная с середины дня, по-тихому — так расслабляется.

Мне кажется, Димас — алкоголик, больной, зависимый человек, но я никогда не скажу ему этого в глаза: что пить, как и сколько — это его дело.

Я снимаю шмотки, ухожу принять душ, заодно ставлю чайник, чистое бельё готовлю, провонявшие дымом штаны пихаю в стиральную машину.

Проверяю телефон: от Вари сообщений нет; но предчувствую, что будут.

Отмытый, вялый, присаживаюсь за стол: Димас, как обычно, тянет помалу японский вискарь и заедает гребешками.

Я тут же вспоминаю, что с прошлого дня не ел ничего.

И три первых гребешка заезжают ко мне в желудок, как к себе домой; а потом хорошо и выпить *втишь*.

Димас, хоть и бармен, — пьянствовать не умеет. После ста граммов его развозит. А если сильно закладывает — вообще превращается в другого человека: краснеет, потеет, хихикает, сильно матерится.

К его чести надо сказать, что он этот свой недостаток понимает и знает меру. Имеет тормоза. То есть, если бухает с малознакомыми людьми, особенно с девчонками, — осторожничает. А расслабляется только в узком кругу: со мной то есть.

Мы с ним десять лет вместе, ещё со школы.

Димас — это восемьдесят килограммов мышц, длинные руки, коротко стриженная башка, сорок пятый размер ноги, походка вразвалку и прямой взгляд. Прирождённый оптимист и ценитель женщин; однако гораздо больше женщин он любит пожрать.

Он любит всё, что делает его живым и настоящим.

Съесть пару десятков больших гребешков и сверху добавить пол-литра крепкого — для него не проблема.

Он слушает Трики, «Массив атак», Эминема; чем жёстче и депрессивнее — тем лучше. Он любит фильмы про маньяков, типа «Молчания ягнят» или сериала «Тру детектив».

Может, он и сам маньяк.

Он любит всё «тру», то есть — настоящее, реальное, истинное.

В школе он хамил учителям и был конченым двоечником; на экзаменах всё списывал у меня.

Он бывал циничным, бывал невыносимым, мы с

ним ругались до талого[1] и даже дрались несколько раз (он всегда побеждал) — но любили друг друга и держались друг за друга.

Одному — тяжело, за кого-то надо держаться, на кого-то надо опираться, даже если ты крутой и «тру», и кулаки у тебя — как пивные кружки.

Он опёрся об меня, я об него, и так мы вдвоём выбрались к той жизни, какую сейчас имеем.

— Брат, — сказал я, — проблема у меня. Серьёзная.
Димас нахмурился:
— Денег приторчал?
— Ещё серьёзней, — ответил я.
— Заболел? Рак мозга?
— Холодно, — сказал я.
— Господи, — сказал Димас, — не может быть. Тачку разбил?
— Нет, — сказал я. — Тачка цела. И мозг тоже. Я девушку встретил. Не могу из головы выбросить.

Лицо брата моего сначала чуть обвисло вниз, затем всё как бы подпрыгнуло, — Димас расхохотался, протянул через стол руку, едва не опрокинув бутыль, и хлопнул меня по плечу.

— Как звать её?
— Варвара.
— Варвара! — выкрикнул Димас. — Отлично! Давно пора тебе поймать какую-нибудь Варвару и слиться с ней в экстазе!
— Идиот, — сказал я, — какой экстаз? Ей девятнадцать лет. И она не местная. С Запада. Из Питера. И живёт на Путятине.
— Хо, — сказал Димас. — Девятнадцать лет! Из Питера! И что она забыла на Путятине?
— А там у неё дед. Отставник, офицер.
— Хо-хо, — сказал Димас. — Значит, богатая невеста?
— Я этого не говорил. Но она побогаче нас с тобой, это точно.

---

[1] До талого – до крайней степени, до предела.

— Фотку покажи, — велел Димас.

— Нет фотки, — ответил я. — Мы только один раз виделись. А если бы и была — не показал бы тебе, пьяному дебилу. Но поверь, там всё нормально. Глаза, фигура, ноги. Умная.

— Выпьем за это, — сказал Димас. И мы выпили по малой дозе.

Но эта малая доза была как раз та самая, после которой мой лучший корефан совсем терял берега.

— Короче, — сказал он. — Даю инструкции. Одеваешься круто. Одеколоном не пользуйся, сейчас в моде — естественный запах тела. Но носки постирать надо, разумеется. Привозишь её ко мне в «Козерог». Лучше в будни, когда народу меньше. Я вам делаю проходку, я вам наливаю, я всё устраиваю. Столик в углу, все дела. Потом везёшь её сюда. Здесь тоже будет бухло, чистые простыни и чего-то пожрать...

— Спасибо, друг, — сказал я, — но, боюсь, мы с тобой, наоборот, опозоримся. Девушка — из Питера, там клубы в каждом переулке. И не такие, как наши...

Димас побагровел.

— Витёк, — сказал он басом, — ты мне про клубный бизнес не рассказывай. Ты — специалист по лысой резине. И хуже того, интеллигент. Студент, блин, историк. Ты, блин, ничего в этом не рубишь. Такого клуба, как наш, ты не найдёшь в радиусе двух тысяч морских миль. Говорю тебе это как старый моряк загранзаплыва. Поэтому слушай сюда. Приказ по офицерскому составу номер один. Просто привези свою девушку к нам, в восемь часов вечера. И всё. И оденься нормально. Про чистые носки я тебе уже сказал. Просто привези её к нам, посидите до часу ночи, потом она будет твоя, отвечаю...

— Димас, — сказал я, — слушай, брат. Ты сильно пьяный сейчас?

— Нет, — ответил Димас, — не сильно. Просто пьяный. А что?

— Тогда слушай, — сказал я. — Пыль в глаза пускать мы умеем, это да. Тут глупо спорить. Но я так не хочу. Вот именно с ней, с Варей, не хочу. А хочу быть таким, какой я есть. Самим собой, понял?

Димас потянулся к бутыли, но я успел раньше, бутыль отодвинул, не налил ни себе, ни ему.

— Понял, — сказал Димас и досадливо шмыгнул носом, — а кто мы такие есть, по-твоему?

— Не знаю, брат, — сказал я. — Не знаю. Но я хочу, чтобы не было ни обмана, ни самообмана...

— Дурак ты, — сказал Димас. — При чём тут обман? Кто кого обманывает? Я тебя не обманываю, ты меня тоже. Где обман? Его нет, всё по правде. И я тебе скажу, кто мы такие есть. Это очень просто. И это важно. Мы — хозяева этого мира. Эта часть планеты — наша по праву. Тут всё принадлежит нам. Старики умрут, а мы останемся. Владивосток принадлежит нам. Мы тут здешние, мы тут рулим. Мы — короли Приморья! Кроме нас, тут никого нет.

Димас опять потянулся к бутыли, и я опять отодвинул её, но потом подумал и всё-таки налил. Немного, *по дэхе*.

Короли, ага, конечно.

Выпили.

— Через десять лет, — сказал Димас, — максимум через двенадцать — у меня будет пять клубов. — Он выкинул в мою сторону растопыренную пятерню. — Пять клубов, понял? Три — во Владивостоке, по одному — в Находке и в Уссурийске. И, может, ещё один — в Хабаровске. Через пятнадцать лет я буду хозяином ночной жизни Приморского края. Японцы, китайцы, корейцы — все будут бухать в моих клубах, платить мне иены, воны, юани и доллары. Закусывать икрой и крабами. У меня будет лучшая музыка, лучшее обслуживание, лучшие официантки! Вот с такими сиськами! — Теперь он выкинул две растопыренные пятерни, обратив их к себе, показывая размер сисек; глаза Димаса горели оранжевым пламенем. — Так будет, брат. Так будет. Всё это будет наше, потому что других нет, только мы с тобой есть. Иди поищи, никого не найдёшь, есть только мы, и больше никого...

И он встал, оттолкнув коленом шаткий столик и ударившись плечом в стену; вытащил из своего рюкзака ещё одну бутыль.

По цвету я понял — это тоже японский виски, чистый, качественный и приятный на вкус, но недорогой, типа «никки». Его можно купить на Хоккайдо, перелить в пластиковые ёмкости, перевезти в личном багаже или зашкерить где-нибудь на пароходе, потому что на пароходе тайников столько, что ни один таможенник с собакой не найдёт, разве только случайно; а потом разлить, уже на нашей территории, в фирменные бутылки из-под люксового «ямадзаки», с белыми этикетками, и упаковать в коричневые картонные коробки, и продать по пятьдесят долларов за ноль семь, и иметь триста процентов прибыли.

Мы выпили ещё и ещё.

Меня торкнуло, но потом я вспомнил Варю и почти протрезвел. Испугался: вдруг она сейчас позвонит, а я лыка не вяжу; она будет что-то спрашивать, а я в ответ способен только мычать и похабно шутить.

Достал из кармана свой лапоть, хотел выключить, но передумал. Ещё хуже будет, если она позвонит, а я — «абонент недоступен».

Вряд ли позвонит, но вполне может прислать сообщение.

Надо быть на связи, решил. Надо быть на связи.

Она не местная, знакомых в городе нет — наверняка найдёт меня.

Вроде бы я ей понравился.

Может, не как мужчина, но как приличный человек.

А Димас ещё что-то говорил, какие-то планы декларировал, обрисовывал. В отличие от меня он знал свою цель, видел её. Упорно к ней шёл.

Он и в клубе своём искал вариант, чтоб выдвинуться, и ему там доверяли, и выходил он в самые важные смены, в пятницу или в субботу, когда самый вал народа.

И он знал всякие разные трюки, умел стаканами

жонглировать и шейкерами, и помнил наизусть пятьдесят рецептов, и «секс он зе бич» смешивал с закрытыми глазами: водка, апельсиновый сок и персиковый ликёр.

Если клиент трезвый — больше водки, меньше сока. Если клиент уже тёпленький — водки меньше, сока больше. Если клиент в хлам — можно минимум водки.

А если клиент в хлам, но очень платёжеспособный — наоборот, водки полстакана.

Клиенты-мужики обычно берут чистое, водку или виски, а коктейли заказывают их спутницы. А чистое наливать — особый метод, потому что есть евродоза, 40 грамм, а есть российская — 50 грамм, для клиента особой разницы нет, многие клиенты евродозу от русской не отличают и 40 грамм опрокидывают как 50, особенно если в виски льда добавить.

А для бармена в этом весь смысл. Потому что если продаёшь сто евродоз — это четыре литра, а если сто русских доз — это пять литров.

Куда девается литр разницы? Бармену в карман.

Но хороший бармен эту разницу помещает не себе на грудь, потому что его, бармена, начальник, менеджер — тоже бывший бармен и ему все хитрости известны. В конце каждой смены менеджер получает свою долю, но, опять же, делится с хозяином, ибо хозяин владеет фокусами налива и недолива лучше всякого менеджера и бармена — на то он и хозяин.

Впрочем, о рецептах коктейлей и о секретах работы сотрудника ресторанного бизнеса мы сегодня не говорили.

А говорили обо всём подряд; когда есть лучший друг, настоящий, преданный, — с ним говоришь обычно о всякой ерунде. О главном всё давно сказано.

Главное — не озвучивается обычно. Подразумевается.

Подразумеваемое больше и шире высказанного.

Поэтому говоришь о всякой чепухе.

О том, что народ пошёл другой, экономный. Деньги людям теперь достаются трудно. И мариманы[1], и спецы по *контрабасу*[2], и те, кто барыжит с китайцами, и приближённые к Белому дому, то есть к краевой администрации, и всякие пришлые-приезжие — все считают каждый рубль; шального и дурного бабла у нас давно не бывает.

И это, наверное, нормально.

Врубили Олесю, «Морские волки».

Я люблю старый владивостокский рок — Панфа, Олесю, «Танцующий крыжовник» или там «Туманный стон». Эти вещи почему-то непонятны ни моим ровесникам, ни моим родителям. А мне нравится.

Был тогда, на рубеже веков, какой-то особый драйв в этом портовом роке.

Тогда к музыке у нас, по-моему, вообще относились как-то серьёзнее.

Когда женщина поёт про море — в этом есть некая противоречивая драматургия; женщины и море несовместимы; море жестоко и безжалостно; удел женщины — ждать на берегу. Это древнее правило нельзя обойти.

Хотя капитан Щетинина смогла, Анна Ивановна. Вставила пистон всем мужикам. Интересно, как бы она к нынешним феминисткам отнеслась. Возглавила бы их движение? Или сказала бы: кончайте фигнёй страдать, идите работайте — в море, на завод, куда хотите?

Что было потом — помню смутно и фрагментарно. Вроде бы всё выпили и пошли искать, чем догнаться, вышли в коридор, пахнущий сушёной корюшкой, стучали по соседям, но соседи предложили какой-то шмурдяк, китайскую водку, «байцзю», — я её отродясь не пил и никому не советую, хотя есть любители, настоящие фанаты. Димас порывался сесть в тачку и поехать в центр, но я его остановил, пресёк дурной позыв, ключи от машины отобрал, утихомирил — на том остановились.

---

[1] М а р и м а н – моряк.

[2] К о н т р а б а с – товар, ввозимый из-за границы контрабандой.

6
В контейнерах

Утром поехал на работу, в свои контейнеры на Камскую.

Но мне было не до работы совсем. Да и клиент ещё не проснулся: рано.

Я набрал номер Вари, но сразу сбросил. Испугался.

Потом написал ей сообщение, точнее, пытался написать, перебрал несколько вариантов, но в конце концов всё стёр.

Потом всё-таки набрал.

Она ответила сразу, как будто ждала.

Она сказала, что собирается во Владивосток — погулять и ещё куда-то зайти, купить что-то, я пропускал слова мимо ушей, больше слушал сам голос.

Я предложил отвезти её туда, куда она скажет, и ещё туда, куда я сам захочу. Лучше меня ей город никто не покажет, я так и сказал. Она ответила, что ей очень повезло с гидом.

С утра от контейнеров сильнее, чем обычно, тянет запахом стылого ржавого железа. Но я привык. Это мой запах, родной, запах жизни, запах моего дела, которое меня кормит; даёт возможность быть собой, тем, кто я есть.

Самостоятельным взрослым человеком.

У меня три контейнера: два под завязку забиты резиной самых популярных и общеупотребляемых размеров — 14-го и 15-го радиуса, это большинство легковушек и часть «паркетников».

В третьем контейнере с надписью «Морфлот СССР» сижу я сам, здесь у меня табурет, столик, электричество подведено, чайник, есть две китайские дуйки, чтоб не замёрзнуть зимой, и кассовый аппарат с электронным терминалом; клиент может заплатить и наличными, и карточкой. И ещё — *мáфон*, изрыгающий музло.

Здесь же, в третьем контейнере, у меня лежит дорогостоящий товар, новые комплекты резины на дисках и без дисков: это оплачено и привезено на заказ, для постоянных клиентов.

Рядом — шиномонтажка, её держат другие парни, но у нас с ними партнёрские отношения: кто купит резину у нас — ставит у них колёса за полцены.

Балансировка — бесплатно.

Обычно я открываюсь с девяти.

Работа моя — сезонная, летом резину берут меньше; основные деньги — в конце осени и весной. Зато летом к нашему морю приезжают толпы хабаровчан и скучать не дают.

Кроме колёс, я занимаюсь оптикой. Нормально идут фары «ксенон» и вообще любой дополнительный свет. Если парень себе покупает тачку — он сразу хочет поставить дополнительные фары. Это святое дело. Я сам такой.

Я исповедую известное правило: света много не бывает.

Такие у меня две специальности: автомобильная резина и дополнительный свет. Ну, и попутно — всякая ерунда, по мелочи. Допустим, фары отрегулировать. В праворульных японских «дзидося» фары настроены так, чтобы светить вперёд и чуть вбок, влево, на обочину. В России, на дорогах с правосторонним движением, фары этих машин светят не на обочину, а в глаза встречным водителям. Каждый купивший праворульную «японку», если он не хочет ставить еврофары, должен отрегулировать свет. Несложная операция — на одних машинах достаточно подкрутить по три винта на каждой фаре, на других приходится мудрить с лампочками — подрезать усики на цоколе.

По правилам настройку следует делать на специальном стенде, но я делаю на глаз.

А глаз у меня — алмаз.

В этих сферах деятельности я — профессионал, три года опыта.

Но фары, свет — ладно. Очень важно, но не критично.

Главное в машине — ходовая часть, и начинается она, эта ходовая часть, с колёс, с резины и дисков.

Мало кто знает, что колёса могут составлять до трети стоимости автомобиля.

Мало кто знает, что колёса определяют внешний вид.

Тачка может быть побитой и древней, но если она стоит на крутых колёсах — значит, она крутая. Какой-нибудь «марк-черностой» или «цедрик-чемодан». Знатоки подтвердят.

Тому, кто не думает о крутизне, а только о том, как бы пережить подступающую зиму, — я всегда готов очень дёшево забодать «парку» и «непарку»: две «иокогамы» вперёд, два «хэнкука» назад, или там два «тойо» назад, а вперёд два «бриджстоуна».

«Бридж» и «данлоп» — резина не бюджетная.

Те, кому надо попроще и подешевле, нацеливаются на китайское и корейское.

На «бриджах» ездят только серьёзные, продвинутые люди.

Я — один из таких.

На моём рабочем столе, справа от кассового аппарата, лежит стопка ярких, оранжево-чёрного колера, визиток, и на каждой крупно написано, что наша резина — самая дешёвая в городе.

И это не рекламное враньё, а объективно так.

Закупками занимается Серёга Мариман, мой шеф, компаньон и товарищ.

Насколько я знаю из его коротких рассказов, в Японии хоженая резина продаётся по весу, как отходы.

Но в общем эта сторона бизнеса мне неведома; я знаю, что раз в год с территории торгового порта города Владивостока выезжают три контейнеровоза, везущих японские автомобильные шины, бывшие в употреблении там, на островах.

Эти покрышки — многие тысячи — перегружаются потом в другие контейнеры, те самые, мои, ржавые — и понемногу распродаются.

Пошлина с одной новой шины — 5 евро с лишним.

С бэушной шины — 4 евро. Это не считая НДС. И других нюансов.

Не знаю, платим ли мы пошлины и налоги. Это меня не касается. Всем управляет Серёга. Бизнес оформлен на него.

Я — наёмный сотрудник, я получаю долю от каждой проданной единицы товара.

Официальной зарплаты у меня нет, иначе Серёга платил бы за меня разнообразные отчисления в Пенсионный фонд и прочие хитрые фонды.

Однажды Серёга взял лист бумаги и мы с ним посчитали: если платить все пошлины, налоги и делать обязательные отчисления, то есть работать строго «в белую», цена каждой шины возрастает почти в три раза, и тогда мы теряем всех покупателей и прогораем к чёрту. Потому что конкуренты тоже не платят ничего или почти ничего.

Не только мы гоняем контрабас — все гоняют.

Серёга утверждает, что не платить — это важный принцип.

Такие, как мы, мелкие коммерсанты, вообще не должны платить налоги, утверждает Серёга. Олигархи, хозяева портов, судовладельцы — пусть платят. Они — большие. А мы — маленькие, еле выживаем. Государство не должно нас обирать. С государства достаточно того, что мы — самостоятельные, не висим на шее у бюджета. И не только сами не висим, но и рабочие места создаём. Серёга вот создал два рабочих места: для себя и для меня.

Каждый мужчина, не пошедший работать в полицию или в пожарную охрану, — экономит деньги для страны.

Если бы я окончил свой истфак и остался работать аспирантом, как хотел когда-то, я бы тоже висел на шее у государства.

Но я сам по себе, сам себя кормлю.

Трясти с меня, молодого человека, налоги и пошлины? Это глупо.

Если человек заводит курятник — он ведь не режет цыплят, едва родившихся; он ждёт, когда они вырастут, нагуляют мясо и жир.

Государству выгодно не опускать меня на деньги — наоборот, лучше подождать, чтоб я встал на ноги, поднялся, купил бы себе одежду, машину, и бензин в эту машину налил, и колёса новые поставил, и чтоб двигатель был в двести пятьдесят сил, и чтоб я девушек водил в бары, и чтоб угощал их крабами и вином, — короче говоря, чтоб я тратил.

Экономика крутится, когда люди тратят.

А если дела в экономике идут неважно — не надо давить на людей, наоборот, надо дать им всякие послабления. Потому что в любой экономике главное — не законы, не ресурсы, не нефть, не газ, не древесина, не рыба — а люди.

Я хоть и не экономист, а всего лишь недоделанный историк, но логику развития общества понимаю.

Серёга Мариман приезжает в половине одиннадцатого утра, похмельный, тяжёлый и мрачный, но в белой рубахе и в галстуке.

Он вхож в высокие сферы городского бизнеса, он солидный человек. Может, когда-нибудь ещё в депутаты выдвинется.

Он чисто выбрит.

Он здоровается со мной за руку и спрашивает, сколько я наторговал.

— Пока нисколько, — отвечаю. — Рано ещё. К вечеру, может, чего-то наторгую.

— А заказы есть? — спрашивает Серёга. — Звонки? По рекламе?

— Ничего нет, — говорю. — Ни заказов, ни звонков.

— Ладно, — говорит Серёга. — Как ты сам вообще?

— Нормально, — говорю я, — но сегодня хотел бы свалить. Всё равно торговли нет.

Серёга кисло морщится: то ли от того, что услышал, то ли просто ему с бодуна нехорошо.

— А работать кто будет?
— Никто.
— Тогда и деньги получит никто.
— Слушай, я весь декабрь работал без выходных. У меня шесть отгулов накопилось. Давай мне отгул сегодня.

Серёга задумывается и хочет что-то ответить, но тут ему приходит сообщение, он извлекает свой айфон, читает и долго пишет ответ, тыкая в экран толстым коричневым пальцем.

По профессии он корабельный машинист, специалист по силовым установкам, и в его ладони навсегда въелось машинное масло и дизельное топливо; ногти на нескольких пальцах сорваны.

«Пузо в масле, нос в тавоте, но зато — в подводном флоте!» — так он вспоминает юность.

— Хрен с тобой, малёк, — говорит Серёга. — Хочешь отгул — иди. Не препятствую. Но на будущее — предупреждай заранее.

— Понял, — говорю я, обрадованный.
— А перед уходом, — говорит Серёга. — вот что сделай. Выбей мне чеков на двести тысяч. Запиши, что продал товара на эту сумму. Вот деньги.

И Серёга кидает на столик два пресса — по сто тысячерублёвых в каждом.

— Оформишь как выручку, — говорит Серёга, — и сдашь в банк. Распишешься. Квитанцию не потеряй, подшей в папку. Главное — выбей кассовые чеки.

— Понял, — говорю я. — Наверное, товарные чеки тоже надо сделать?

Серёга задумывается.

— Соображаешь, — отвечает он. — Выписывай все документы. Сумма — двести. И учти, завтра или послезавтра, возможно, понадобится ещё на такую же сумму выписать. Понял меня?

— Отлично понял, — говорю я, пересчитывая две пачки. — Только у них там, в «Сбере», банкомат наличные не принимает. Придётся вносить через кассу, с комиссией. Ноль три процента. Короче, с тебя ещё 600 рублей.

Серёга усмехается.

— Вот же суки, — говорит он. — Им налик приносишь, а они ещё сверху берут. Это натуральный рэкет. Давай, пиши всё в гору.

Он вытягивает из кармана пачушку сторублёвых, не слишком жирную, отделяет шесть бумажек и прячет обратно.

И потом уезжает, погрузившись в свой чёрный «круизёр». А я остаюсь с пухлыми пачками наличных.

«Круизёр» у моего шефа тоже, разумеется, дизельный.

Бензиновые моторы Серёга всерьёз не воспринимает.

Серёга давно, ещё с 90-х, имеет подхваты в порту. Он много лет заправлял свои машины корабельной соляркой — она доставалась Серёге *по дешману*, почти бесплатно.

Конечно, двигатели японских джипов с трудом пережёвывали грубое корабельное топливо. Сейчас Серёга над своей машиной так не издевается.

Но любовь к дизелям сохранил.

Для него соляровый выхлоп — как костровой дымок.

Из машин он признаёт только «тойоты». Про «ниссаны» говорит: «Купил "ниссан" — е... с ним сам!» Про «мицубиси» ещё грубее говорит. Не буду повторять.

Он умеет жить, этот человек. Он настоящий монстр, он знает, как устроена реальность.

Там, где обычный человек платит пять рублей, Серёга платит тридцать копеек.

Я пробиваю чеки, на разные суммы, от шести до девяти тысяч, и приходую по кассовой книге выручку в 200 тысяч рублей и сам себе выписываю приходный ордер.

Затем, не теряя ни минуты, закрываю контейнеры, сажусь в машину — и еду в банк, как очень крутой бизнесмен.

Сдаю наличные в кассовое окно.

Девочки в белых блузках, банковские менеджеры, косятся на меня, пахнущего резиной. На джинсах — пятна, руки сбиты, сутулый — спина болит; весь день кидать туда-сюда колёса не сильно весело.

А должны, по идее, улыбаться и кофе наливать: я принёс им деньги.

Но не улыбаются, наоборот — ведут себя так, словно я им помешал.

Не знаю, что они там делают, в этом банке, откуда берутся эти новенькие кожаные кресла и пуленепробиваемые стёкла. Загадка.

Мне выдают все положенные бумажки.

Контора моя называется «Индивидуальный предприниматель Алтухов».

По имени основателя, Серёги Маримана.

Алтухов, кстати, — не настоящая его фамилия. Два года назад он женился в очередной раз — то ли в третий, то ли в четвёртый — и взял фамилию жены. И паспорт поменял. Я не спрашивал почему. Видимо, где-то набедокурил: просто так, без веской причины, человек фамилию не меняет.

По некоторым обмолвкам и намёкам мне известно, что Серёга — фигурант нескольких уголовных дел.

Если фамилию сменил — стало быть, так надо.

К расчётному счёту Индивидуального Предпринимателя Алтухова привязан мой номер телефона, и когда я, исполнив все положенные финансовые фрикции, выхожу из банка и сажусь в машину — мне приходит сообщение: деньги зачислены.

И одновременно с этим сообщением приезжает второе — от Вари.

«Привет, когда встретимся?»

Чувствую мощный подъём жизненных сил.

Пишу ответ: «Сегодня!» — и прицепляю три смайлика, от полноты чувств.

У меня отгул, свободный день, у меня машина, и ещё — есть карточка, привязанная к счёту; теоретически я могу засадить хоть все двести тысяч.

Разумеется, я этого делать не буду. Не дурак. Деньги не мои.

Деньги, видимо, и не Серёгины даже; чьи-то чужие, стрёмные, левые двести штук, пропущенные через банк и, как раньше говорили, «отмытые».

Но я могу взять из них две, три, пять тысяч, в долг, на день, на два дня или в счёт зарплаты.

То есть сегодня я не стеснён в средствах.

Осмыслив это обстоятельство, очень довольный, самоуверенный, рванул обратно в контейнеры.

Проверил, закрыты ли замки; по два на каждом.

Набрал ведро воды, щётки взял, почистил салон своей «целики», сиденья, коврики отдраил с мылом, разложил сушиться; затем взялся за пылесос и прошёл все внутренности по периметру, включая узкие места. Затем, наконец, вымыл стёкла изнутри с химией.

Нельзя сказать, чтобы это был какой-то подвиг: свою машину я тщательно драил примерно каждые две недели, в зависимости от сезона, зимой чаще, летом реже; мыть свой автомобиль — это элементарный признак культуры.

Технику надо драить. Тогда она служит долго, верой и правдой.

Машину, лодку, лодочный мотор, атомный ракетный крейсер.

Ещё до полудня я полностью подготовил тачку, залил полный бак за счёт ИП Алтухов и по достаточно свободным улицам рванул домой: нужно было самому помыться и переодеться.

Вообще, у меня обычно есть одни штаны, два свитера и одна куртка. Выбирать не из чего.

Но шмотки есть у Димаса: он больше зарабатывает, да и сама профессия требует от него, чтоб он хорошо одевался.

Роста мы примерно одинакового. Так что всё у нас с другом общее, исключая обувь (у него нога больше), носки и трусы.

Я вымылся, тщательно отчистил руки, постриг ногти на руках, а потом щёткой прошёлся по кончикам пальцев.

Я фундаментально почистил зубы.

В шкафу с вещами я выбрал самый удачный вариант из всех имевшихся: свитер с капюшоном, с двумя японскими иероглифами на спине.

Свитер был прекрасен, но помят. Утюга мы с Димасом в хозяйстве не держали, как-то руки не доходили завести утюг.

Я пошёл по соседям.

Справа от меня жили коммуной четверо местных алкоголиков. Я постучал без всякой надежды, но дверь вдруг открылась, появился незнакомый мне бородатый человек в тельнике.

В гостинке каждый второй ходит в тельнике, даже если не имеет к морю никакого отношения.

— Заходи! — сказал человек в тельнике.
— Спасибо, — сказал я. — Утюг есть?
— Утюг? — спросил бородатый человек. — Утюга нет. Есть вискарь и маньчжурская трава. Это гораздо лучше, чем утюг. Сам подумай.
— Согласен, — сказал я. — Но мне нужен утюг.
— Утюг? — спросил человек, как бы впервые услышав меня. — Какой утюг, ты чего? Давай, зайди. Зачем тебе утюг? У нас четыре литра вискаря. — Он решительно махнул рукой. — Давай! Мы же соседи, ты у меня за переборкой живёшь. Заходи, братан!
— Благодарю, — сказал я, — не могу сейчас. Извини.

Постучал к художнику, соседу слева.
Никто не отозвался.
Соседка напротив, брюнетка из администрации, тоже отсутствовала, разумеется; утюг у неё точно был, она хорошо одевалась.

Дальше, в конце коридора, жили две девчонки, студентки, весёлые-незамужние; весь этаж знал про них, и возле двери в их комнату по вечерам регулярно случались всякие истории: выпьют мужики, возжелают женского тепла — и идут домогаться. Девчонки держат оборону. У них — мощная железная дверь. И вообще, они достаточно деловые, и живёт их там — то четверо, а то пятеро, все приезжие, кто из Хабаровска, кто из Находки.

Я деликатно постучал кулаком в железо.

Не сразу, но за дверью зашевелились. Я уже успел испугаться: вдруг не найду утюга?

— Кто?

— Свои, — сказал я так вежливо, как только мог. — Утюг нужен, на пять минут.

Дверь открылась.

По мне ударила волна запахов: духи, лак для волос и ещё что-то жареное, типа креветок; я тут же ощутил спазмы в животе.

Вышла маленькая, тёмненькая, в халате едва по колено, сиськи наружу, взгляд борзый. Я поздоровался и снова сказал про утюг.

— А что взамен? — поинтересовалась тёмненькая. Кажется, её звали Наташа.

— А что надо?

— Соевый соус есть?

Мы договорились. Я получил утюг и мгновенно метнулся назад.

Погладить свитер — дело двух минут.

Когда отгладил — подумал, что будет разумно привести в порядок и прочие мятые шмотки; перебрал весь шкаф. Облагородил ещё две рубахи и три футболки.

Утюг вернул и подарил в ответ почти полную бутылку китайского соевого соуса.

Тёмненькая улыбнулась блудливо; ходили слухи, что некоторые парни заходят в эту дверь за деньги, но я об этом думать не стал, поблагодарил и свалил.

Никакого интереса к этим девчонкам не испытывал, у меня была Варя из Петербурга — сравнивать её с нашими, местными было совершенно невозможно.

Всё равно что поставить рядом рыбацкий сейнер и подводный ракетоносец.

Нет, я местных девчонок любил и уважал. Часто имел с ними дело. Общался. Угощал вином. Спал с ними. Знал, чем они живут. Понимал их. Относился нормально.

Не все наши девушки — грубые лахудры. Есть разные. Есть шикарные, длинноногие, есть дочери богатых родителей, есть такие, кто в свои двадцать катаются на собственных машинах, подаренных папами. Многие из них привлекательны и красивы. Многие умны, образованны, многие знают языки. Одеты отлично. Владивосток — город портовый, наши суда куда только не ходят. Вплоть до Австралии. И наши девчонки владивостокские — лучшие. Образованные, самостоятельные, уверенные, с кругозором.

Но Варя была совсем другая.

Настоящая инопланетянка, пришелица.

И я, отмытый добела и одетый во всё лучшее, чистое и отглаженное, вышел из дома, хитро щурясь, как будто сделался обладателем тайного знания, или нашёл клад, или раскрыл секрет бессмертия.

Ни у кого не было такой Вари, девушки из Петербурга. А у меня была.

Мы встретились в Дунае, у парома: она успела на двухчасовой, и я тоже успел.

7

Владивосток нельзя объяснить или описать в трёх-пяти фразах.

Его нельзя показать за три или пять часов.

Владивосток видели все граждане страны — или почти все: город изображён на купюре в 2000 рублей.

Открыточный вид: сопки, море и парящий в воздухе мост.

Наши мосты очень красивы. Чудеса инженерной техники. Я как раз школу заканчивал, когда их строили.

Но есть ещё другой, настоящий Владивосток, который существовал задолго до возникновения мостов, — 150-летний город-крепость, база Сибирской флотилии, незамерзающий порт, конец Транссибирской железнодорожной магистрали, стратегически важный перевалочный пункт.

Владивосток — разный, у каждого свой. Для китайца это — залив трепанга. Для корейца — место, где можно дёшево поесть краба. Для военного моряка — важнейший форпост России на Тихом океане. Для гражданского — центр рыболовства и торговли.

Для бизнесмена — ещё и автомобильная столица гигантского региона: до полумиллиона машин, не считая транзитных, и в каждую нужно залить топливо, для каждой нужны колёса.

Для любителей экзотики, дикой природы — амурские тигры, и леопарды, и женьшень.

Для любителей кино это место, где происходит действие фильма «Дерсу Узала»; режиссёр фильма Акира Куросава получил за свой фильм «Оскара».

Для меня Владивосток — это когда зимой ты едешь по промёрзшей дороге и тебя слепит солнце.

Для моего отца Владивосток — это море: всегда можно наловить рыбы и на месяц вперёд обеспечить едой семью из трёх человек.

Для моего друга Димаса — это гигантский, гремящий музыкой увеселительный притон, где спускают свои деньги вернувшиеся из рейса морячки и сухопутные мажоры.

А каков он, Владивосток, для Вари, девушки из другого мира?

Сначала я повёз её на смотровую площадку: сопка Орлиное Гнездо, первая и обязательная остановка любого туристического маршрута.

День был туманный, и Варя не смогла рассмотреть в подробностях Золотой Мост — но всё равно ахнула от восторга.

Мост проявлялся из белой пелены, словно нарисованный гуашью на рисовой бумаге; так делали японцы в Средние века.

По мосту сплошным потоком ползли машины: стадо разноцветных муравьёв.

Город бугрился сопками и домами — дореволюционными из красного кирпича, советскими из светлых панелей, синими и блестящими офисными новоделами. Это напоминало друзу кристаллов, торчащих вкривь и вкось. Застройка у нас всегда была бессистемной. Но город с морем и сопками испортить трудно, как ни старайся.

Я показывал пальцем: там центр, Белый Дом, там — Морской вокзал, там — Тигровая сопка, там — Эгершельд, там — Чуркин. А сам думал: положить руку Варе на плечо или нет? Решил повременить.

Затем — непременное фотографирование: Варя вручила мне свой смартфон, и я запечатлел её на фоне мостовых опор, — как будто город обратился в великана, встал за спиной Вари и поднял, в знаке победы, два циклопических железобетонных пальца.

Потом — селфи вдвоём.

Тут я наконец её обнял. Ну или полуобнял, деликатно. Варя не возражала.

Она вообще в тот день ни разу не сказала «нет» или «не хочу», доверилась мне, опытному гиду. Я, правда, больше показывал, чем рассказывал. Говорила она. В основном про себя.

Про свою главную мечту: стать врачом.

Надёжное, крепкое, уважаемое дело, — не разбогатеешь, но и голодным не останешься.

Я возразил: можно, допустим, стать пластическим хирургом, переделывать женщинам носы, вставлять силиконовые сиськи или даже превращать женщин в мужчин или наоборот — модно, востребовано, очень дорого.

Но Варя гневно смеялась.

— Это не модно, это отвратительно! Сиськи вставлять, жир откачивать! А особенно — операции по смене пола! Это настолько глупо и гадко, что я даже говорить об этом не хочу! Медицина, в том числе и хирургия, существует с одной целью: избавлять людей от страданий. Любое оперативное вмешательство наносит организму огромный вред. Резать человека можно только для спасения его от смерти или невыносимой боли, и больше ни для чего. Двести лет назад наркоза не существовало, каждая операция была страшной пыткой. Пластическая хирургия вообще изначально была частью военной медицины: солдатам пришивали носы или уши, оторванные взрывами. Не для красоты, а чтоб вернуть хоть какой-то человеческий облик. Сейчас это сделали бизнесом: любая дура может накопить денег и переделать себе нос и губы, вставить импланты или из женщины переделаться в мужчину. Так нельзя, это против сути врачебной деятельности. Современные трансгендеры, переделанные из женщин в мужчин или наоборот — попробовали бы они лечь под нож хирурга, когда вместо наркоза была только водка и опиум! Смена пола — настоящая катастрофа для организма, такие операции делаются только в исключительных, единичных случаях, когда мужчина рождается в теле женщины или женщина в мужском теле, и таких случаев — один на пятьсот тысяч. Когда человек действительно страдает, оказавшись в чужом теле. Остальные — бессмысленные дураки, жертвы рекламы. Хирургия — это не бизнес! Хирургия — это либо скальпель, либо смерть!

После такой отповеди я зауважал мою спутницу: она явно имела твёрдые принципы.

Когда у девятнадцатилетнего человека есть твёрдые принципы — это впечатляет.

И мы сделали её смартфоном ещё несколько селфи, на фоне моря и тумана.

Посмотрели, как вышло: Варя выглядела весёлой, счастливой и сексуальной.

Я же, прижавшийся к ней, получился напряжённым, угловатым и огромным, как амурский тигр.

Больше всего я боялся, что она будет непрерывно вдуплять в этот свой шикарный смартфон, не поднимая глаз, бродя по социальным сетям, переписываясь с подругами в мессенджере. Неприятная привычка, но, увы, укоренившаяся. Из-за этой привычки я расстался со своей девушкой; это было три месяца назад, девушку звали Светлана, у неё были длинные ноги и первый разряд по волейболу, и она не выпускала из руки телефон, тонкий её палец непрерывно скользил по светящемуся экранчику; когда я произносил какую-то фразу, длинноногая Светлана поднимала ко мне красивое лицо и спрашивала:

— Что? Извини, я прослушала.

Мне приходилось повторять.

Однажды я не выдержал и порекомендовал ей совокупляться с телефоном; мы расстались, и я ни разу потом не пожалел.

К счастью, Варя не страдала зависимостью от интернет-общения. Только один раз отвлеклась, отбила эсэмэску, извинилась потом:

— Папа пишет. Беспокоится, как я тут.

Конечно, она была столичная, западная, европейская девушка. Не знаю, из чего это следовало, но сразу было видно.

— Питерская, — сказал я.

— Не питерская, — поправила Варя. — Петербургская. «Питер» — так говорят только дикие азиаты-москвичи. Настоящие европейцы говорят «Петербург».

— Значит, я — дикий азиат.

Посмеялись.

Был азиатом — меня устраивало.

В её компании я был согласен хоть на австралийца.

Потом двинули на Маяк.

Маяков во Владивостоке много, но если говорят просто «Маяк», значит, имеется в виду Токаревский — тот, что на самом конце Токаревской кошки. Почему «кошка» — не знаю, видимо, от «косы». Это и есть каменистая коса, ведущая к Маяку. Посреди неё торчит огромная стальная опора ЛЭП, через неё питается электричеством Русский остров.

Каждый раз смотрю на неё и думаю: как её устанавливали на таком-то пятачке? Говорят, вертолётами. А когда её не было, на Русский были протянуты кабеля. Ржавые остатки их опор ещё сохранились, торчат из этой самой косы, и когда едешь здесь, надо внимательно смотреть, чтоб колесо не пропороть.

А кто пропорет — тот приедет ко мне, искать подходящую покрышку.

Машину я поставил прямо у опоры, дальше лежали бетонные блоки, и к Маяку мы пошли пешком. Был прилив, и полоску суши, ведущую к Маяку, закрывала вода. Издалека казалось, что это натуральное море, но я знал, что воды там — по щиколотку.

— Как мы дойдём? — спросила Варя.

— Босиком, — ответил я. — Или можешь использовать меня как транспортное средство. В смысле, могу на руках донести.

— Нет, — сказала Варя. — Я тяжёлая, уронишь ещё.

Разулись.

Решили оставить обувь у приметного камня, но я посмотрел на прекраснейшие кроссовки New Balance и решил не рисковать, не дай бог сопрут. Связал шнурки и повесил себе на шею.

От холодной воды пальцы сводило. Но Варя не пожалела.

Когда дошли до Маяка и встали у края воды, она оторопела и сказала:

— Настоящий край света!

— Краёв нет, — возразил я. — Шарик — круглый. Вон там — Хасанский район, за ним Китай, левее — Корея. А вон там — наоборот, Япония. Прямо по курсу — знаменитый остров Русский. Известен прежде всего тем, что на этом острове, в Дальневосточном федеральном университете, учился Виктор Старцев, твой покорный слуга.

Варя стояла, глядя на распахнутый горизонт.

Я очень хотел обнять её сзади, даже шагнул, но так и не решился.

— Пошли назад? — сказала она.

Мне показалось — она ждала, что я её обниму. Но момент был упущен, и мы вернулись.

Я прокатил её по мостам. Сначала по Золотому, потом по Русскому.

Русский мост длиннее, он всегда мне нравился больше.

Ты посреди моря, и неба, и космоса, мчишься по асфальтовой ниточке, протянутой на головокружительной высоте, как будто бежишь по канату, и только мелькают по бокам ванты моста и где-то далеко внизу справа видны крошечные дома.

Иногда у меня подхватывает живот: как будто прыгнул с десятиметровой вышки в воду.

Но всё быстро заканчивается, мелькает будничная табличка: «О. Русский». Ты приземлился.

Мы прохватили по единственной, зато отличной асфальтовой дороге, мимо университета, в котором я грыз науки, да не догрыз.

Дальше — МЧС, океанариум, и — всё, конец асфальта.

Можно было продолжить путешествие, выбрать одну из нескольких грунтовых дорог. Все вели к бухтам или сопкам, каждая заканчивалась возле заброшенной воинской казармы или железобетонного форта. Многие из фортов представляли собой настоящие катакомбы, подземелья в несколько уровней.

Но я решил не мучить спутницу экскурсиями по подземельям и развернулся — пора было поесть как следует.

Отправились в центр, в «Zoom», в хорошее дорогое место, всегда наполовину оккупированное корейскими туристами, приехавшими в «краб-туры»; Варя, по моему совету, употребила шесть средних сырых гребешков, два — с васаби, два — с соевым соусом и последние два — с лимонным соком, долго думала и призналась, что лучше — с васаби; потом официант — опять же по моей инициативе — принёс Варе живого краба размером с колесо от джипа; официант поднял краба выше, корейцы и китайцы за соседними столами закричали от восторга, выхватили телефоны и стали фотографировать; засверкали вспышки; официант натренированно улыбнулся; крабу не нравилось происходящее, он шевелил лапами и выставлял вперёд огромную рабочую клешню; Варя ужаснулась, наотрез отказалась есть краба, и его унесли; Варя спросила, нельзя ли выкупить несчастного краба по ресторанной цене, потом отвезти на берег и выпустить; я ответил, что можно, но никто не поймёт; я сказал, что сюда специально прилетают корейцы — поесть краба, у них это деликатес, очень дорого стоит; потом мы посмотрели друг на друга, поняли, что всерьёз проголодались, и съели по чашке горячего острого супа; Варя всё горевала по крабу, призналась, что любит животных, что в детстве у неё были хомяки, морские свинки и попугаи, но, с другой стороны, корову тоже жалко, а гамбургер съесть хочется; она бы вступила в «Гринпис», если бы знала, как разрешить это противоречие, но оно, судя по всему, неразрешимо; в мире, где миллиард человек умирает от голода, борьба за права животных — это лицемерие; она больше говорила, я больше слушал; наконец, сообразил, предложил ей выпить вина или крепкого, но Варя твёрдо ответила — если ты не пьёшь, я тоже не буду; это мне очень понравилось, мы заказали кофе; Варя призналась, что ей со мной интересно, что я классный, хороший парень, необычный, и город мой тоже необычный, интересный, особенный; совсем другой, сказала Варя, мой город — плоский, как бы двухмерный, а твой город — то вверх, то вниз, трёхмерный; это странное ощущение, сказала Варя, и ты тоже какой-то немного странный, как бы подключённый к другому измерению; и ещё — ты умный, образованный человек, много знаешь про свой край, у меня дома, в моём окружении таких парней мало; в ответ я тоже признался: да, приятно слышать, спасибо, я тоже заинтересован и хотел бы продолжить общение; мы много смеялись и смотрели друг другу в глаза; краба, которого пыталась спасти Варя, через полчаса заказали корейцы, сидящие компанией за соседним столом; краба сварили, корейцы его сожрали; я заплатил по счёту.

Далее — хотел повести её в «Козерог», там как раз Димас заступил на смену, мне очень хотелось усадить Варю за барную стойку перед Димасом и чтоб Димас ей смешал какой-нибудь коктейль, типа мохито или «секс он зе бич», или что там пьют европейские девушки из Петербурга.

Но, увы, время вышло — надо было спешить на последний паром.

От центра Владивостока до причала в посёлке Дунай — полторы сотни километров.

Расписание паромов я выучил заблаговременно.

Мы не пошли в «Козерог»: обсудили планы и решили, что я отвезу Варю домой.

День получился удачным, и его надо было завершить столь же удачно.

Усевшись в машину, Варя атаковала мою магнитолу, пробежалась по радио — везде была реклама или новости — потребовала музыку; я признался, что есть Лагутенко, Панфилов, Muse, Depeche Mode и ещё Rasmus, любимый с детства.

— Отстой, — сказала Варя и задумалась. Пока я выбирался из города, зависая на светофорах, она вынула из сумки провод и подключила свой телефон к моей магнитоле.

— Вот так, — пробормотала удовлетворённо; дальше слушали только её музыку.

Музыка мне понравилась. Такая же инопланетная, как сама Варя.

Выбрались на федеральную трассу, я притопил.

Потом повернули в сторону Находки.

Здесь дорога узкая и со многими поворотами, чтобы ехать быстро — надо обгонять, каждый обгон — большой риск.

Чем мощней мотор — тем легче и безопасней делать обгон.

А ещё лучше, если к мощному двигателю добавить механическую коробку передач. Механика у нас — редкость, все ездят на автоматах. Ручная коробка удобнее при быстрой езде: ты сам выбираешь передачу и сам контролируешь ускорение. У нас машины с механическими коробками называют «на ручке» или «на меху». И уважают.

У меня было шесть фар, мотор в двести с лишним лошадей и ручная коробка, меня на находкинской трассе уважали. И я тоже остальных уважал, не грубил, не рисковал без крайней нужды.

За Артёмом — городом, почти уже сросшимся с Владивостоком, — поток поредел, и я ещё увеличил скорость.

Я такой был не один: вместе со мной в том же направлении летели ещё несколько таких же спешащих, все на мощных движках; двое или трое совсем безбашенных обогнали меня, остальные шли следом; кто-то отвалил в Шкотово, кто-то в Фокино.

На всю дорогу у меня ушло два часа с четвертью: результат, может, не чемпионский, но достойный.

На причале — те же люди, в тех же куртках, с той же поклажей. Те же обветренные лица, те же канистры с бензином.

Тот же ветер, пахнущий йодом и дизельным выхлопом.

Как будто время остановилось.

А оно не останавливается, оно летит вперёд, как торпедный катер: не догонишь — не успеешь.

Это было наше первое свидание, и оно закончилось, как заканчиваются все первые свидания: улыбками, целомудренными комплиментами.

Мне показалось, что Варя очень довольна.

Она поцеловала меня в щёку на прощание.

Как реальный джентльмен, я выскочил первым, обежал машину, едва не перепрыгнув через капот, и открыл дверь со стороны моей прекрасной пассажирки.

Вспомнил: а ведь сегодня я при деньгах. В бумажнике, надёжно сжатая, покоится волшебная карточка Сбербанка — не моя карточка, Индивидуального Предпринимателя Алтухова, он же мой шеф, он же Серёга Мариман, — сегодня я уже залез в его деньги на некоторую некритичную сумму и не переживал: я и раньше так делал. Мы друг другу доверяли, я и Серёга. В конце концов, у меня хранились ключи от всех наших трёх контейнеров; если бы я хотел украсть, я бы давно крал по маленькой, как делают большинство продавцов, — но я не крал.

— Варя! — крикнул я.

Она обернулась.

— Я передумал. Я довезу тебя до дома.

Это был мощный удар по карману молодого приморского джентльмена, но рука его не дрогнула.

А зачем ещё деньги? Зачем тогда они? Зачем, если не для такого вот случая?

Мне выдали билет, на котором значилось: ООО «Гарпия».

Мы осторожно въехали на борт, притеревшись вплотную к сильно ушатанному «терранчику».

Пешие пассажиры смотрели на нас без выражения.

Надеюсь, они приняли нас за туристов.

— Сейчас ещё нормально, — сказал Варе. — Не сезон. В августе поедут туристы, и здесь будет очередь.

Люди по три дня ждут, чтоб заехать на остров. И ещё три дня ждут на острове, чтоб выбраться.

— Господи, — сказала Варя, — и что им всем тут надо?

— Тут красиво.

— Да, красиво. Но ведь дыра же страшная.

«Сама ты дыра», — хотел тут же отбить я, но вовремя прикусил язык.

Да, может, и дыра. Пятизвёздочных отелей нет. Вообще никаких нет. Стадо облезлых частных домиков, почти все — хибары. Многие заброшены.

— Сейчас новая мода, — объяснил я Варе. — Таиланд — это попсово, всем надоел. Его даже в Инстаграме уже не лайкает никто. Теперь в моде такие места, как Камчатка, или Ленские столбы, или вот Путятин.

Паром аккуратно прижался к берегу.

Я подъехал к крыльцу Вариного дома так близко, как только смог, но всё равно, когда вышел, испачкал ноги в грязи.

Из трёх узких окошек горело одно.

Сбоку от крыльца стояло ведро с водой, в нём плавала щётка.

Со знанием дела я очистил глину с подошв, вытер о коврик.

Варя включила свет на крыльце. Сразу стало уютно и спокойно.

— Заходи, — сказала Варя. — Помнишь, как зовут моего деда?

— Василий Филиппович, — ответил я. — Легко запомнить: «военный, флотский». Хорошо бы ещё знать его звание.

— Сам и спросишь.

8

В доме пахло, как пахнет во всех таких домах: старым деревом, старой штукатуркой, — ветхостью пахло, распадом, разложением. Однако порядок соблюдался идеальный. Такой порядок умеют поддерживать в своих лачугах только старики.

В прихожей — чёрная офицерская шинель и такой же чёрный матросский бушлат. Массивный прорезиненный дождевик. Рыбацкие сапоги. На полке — старый дисковый телефон, а рядом приколот к стене тетрадный листок, на котором чётким почерком выписаны несколько телефонных номеров; я различил несколько имён: «Гриша старпом», «Надя фельдшер», «Пётр Иванович — уголь».

Рядом на вбитом гвозде висел огромный корабельный барометр; стрелка показывала штиль.

Варя торопливо скинула ботинки.

— Дед! — крикнула. — У нас гости!

В глубине дома заскрипела кровать.

Шаркая тапочками, из комнаты вышел старик.

Ростом — мне по грудь: я смотрел сверху вниз. Но когда упёрся взглядом в бесцветные глаза — вдруг всё перевернулось; теперь уже я, хоть и был выше ростом, смотрел снизу, а он — сверху, командиром, облечённым властью.

Застиранный тельник туго обтягивал костлявые плечи.

Длинные морщины на лице, изжелта-белые короткие жидкие волосы.

Заношенные донельзя флотские чёрные брюки.

Поднятые на лоб очки в массивной оправе.

Я поздоровался и представился, но руку протягивать не стал — как младший по званию.

И он тоже не протянул.

От него шёл слабый запах лекарств, вроде корвалола.

Какое-то время он внимательно смотрел на меня — куда-то в область груди, но то и дело вскидывал взгляд и изучал лицо.

— Молодой человек, — сказал он вежливо, — вы курите?

— Нет, — сказал я. — Не курю.

— Ясно, — пробормотал старик. — Ладно. Давайте выйдем? Я покурю, а вы рядом постоите.

— Дед, — сказала Варя, — тебе нельзя курить!
— Ничего, — ответил старик. — Одну можно.

Мы вышли на крыльцо.

Барометр не врал — действительно, нынче вечером воздух не двигался; слабая лампочка освещала крыльцо и немного — мою «целику», а дальше простиралась первозданная, безмолвная тьма.

Не знаю, как Варя жила там, у себя, на Васильевском острове, — но на острове Путятина явно было не так весело.

При свете лампочки я увидел (раньше не замечал), что на крыше торчал флагшток с советским флагом ВМФ.

Старик извлёк из кармана штанов пачку «Беломора», наполовину пустую, пополам перегнутую и вытертую на сгибе, и бережным движением слегка дрожащих пальцев вытянул папиросу.

— Спички у вас есть?
— Есть, — сказал я и вынул зажигалку.

Старик затянулся дымом с заметным удовольствием.

— Значит, всё-таки курите.
— Нет, — сказал я. — Но зажигалку всегда с собой имею. Таёжная привычка. От отца перенял.
— От отца? — проскрипел старик. И посмотрел мимо меня, на мою «целику». — Машина ваша?
— Моя.
— А лет вам сколько?
— Почти двадцать шесть, — ответил я.

Старик повторно пыхнул папиросой.

— Откуда у вас такая машина?
— Заработал, — сказал я.
— Понятно. И в какой же области вы зарабатываете?
— Продаю японскую резину. Колёса, диски.
— Ага, — сказал старик. — И где же вы берёте эту резину?
— В Японии, — ответил я. — На Хоккайдо берём. Доставляем морем.

— Морем, — неприязненно сказал старик. — Интересно.

— Ничего интересного, — сказал я. — Берём сразу контейнерами, оптом. Распродаём в розницу.

— В розницу, значит, — повторил старик. На третьей затяжке он докурил папиросу: — А вот скажите, зачем вы, в столь молодые годы, занимаетесь тем, что вам неинтересно?

— Ради денег, — ответил я. — Жить как-то надо.

— Ясно, — сказал старик. — Вот что, юноша. Сейчас садитесь в свою красивую машину — и езжайте. И я вас прошу больше тут не появляться. И про Варю забудьте. Найдите себе подружку в другом месте. Вы меня поняли?

Я не сообразил, как ответить; промолчал.

Старик смотрел с презрением.

— До свидания, — сказал он. — Желаю успеха в опте и в рознице. Очистите палубу.

Тут я, наконец, понял, что происходит; кивнул.

— До свидания.

— Всего наилучшего, — сказал старик, глядя мимо меня.

Я протянул зажигалку:

— Возьмите.

Старик усмехнулся:

— Спасибо, не надо. А вам — попутного ветра. И чтоб я вас больше тут не видел. Задача ясна? Или повторить?

Я помялся на крыльце пару мгновений. Старик, выкурив беломорину до бумажной гильзы, сунул руку под лавку — там у него была пепельница, изготовленная из консервной банки, — притушил окурок и аккуратно спрятал банку в то же место.

Мне ничего не оставалось, как исчезнуть.

Разозлённый и обескураженный, я вернулся к машине, завёлся.

Лицо горело.

Хотел газануть, на все двести с лишним лошадей, чтоб турбина и спортивный глушитель взревели, чтоб шесть фар вспыхнули и осветили во всех подробностях маленький жалкий домик и старика на его крыльце; но хватило ума не грубить.

Варя позвонила через десять минут — потребовала, чтобы я вернулся. Но у меня тоже была своя гордость — я ответил, что не могу. Раз хозяин дома, пожилой человек, меня послал подальше — значит, я иду подальше.

А какие варианты? Нет вариантов.

Точнее, варианты, конечно, есть, — но их надо искать.

Я таких стариков много видел.

А именно этого — видел точно, и пока ехал от его дома до пирса, через весь посёлок, — вспомнил, где именно видел.

В университете, на истфаке, три года назад.

Этот старик, военный моряк, приходил к нам, студентам, рассказывать, как российские власти сдали военно-морскую базу Камрань во Вьетнаме.

Огромная база, целый город, построенный американцами ещё в 60-х годах, аэродром и порт.

Когда американцы проиграли войну и сбежали, база в Камрани досталась вьетнамцам в качестве трофея, а те отдали её в аренду Советскому Союзу.

Фамилию старика, его звание и должность я тогда записал, но записи тех времён давно сгинули.

В памяти остались седые брови кустами и жёсткие глаза.

Этот старик был динозавр, кроманьонец, существо из давнего прошлого.

Он рассказывал о сдаче военной базы как о величайшей трагедии человечества и даже однажды заплакал.

Мы, студенты, молчали в тряпочку.

Когда Россия сдала базу в Камрани, мы все ещё ходили в третий класс.

Я, собственно, и запомнил этого ветерана только потому, что он, маленький, седой, затянутый в чёрный китель, — заплакал.

А потом, когда это всё, и ещё многое другое, связанное с моим отношением к дедам и бабкам, к стариковским слезам, к сдачам военных баз, ко всему миру взрослых, пронеслось в моей голове, как самолёт, когда я, притормаживая на ухабах, проехал весь посёлок и выкатился на пирс, — я, разумеется, проклял себя за глупость и перезвонил Варе.

— Витя, — сказала она, едва выслушав мои косноязычные извинительные мычания, — Витя, вернись, пожалуйста. Я буду ждать на повороте.

«Пожалуйста» — было сказано так, что я немедленно простил старого капитана за его самодурство и весь мир взрослых тоже простил, — затормозил, включил заднюю скорость, в нужный момент выдернул ручник и исполнил, посреди мокрой грунтовой дороги, самый лихой и резкий полицейский разворот, какой только можно было исполнить.

Тоненькая фигура маячила у съезда с дороги.

Нарядные кроссовки свои она сменила на резиновые сапоги, и лоснящуюся дорогую куртку тоже сняла, натянула ветровку, и выглядела в этой простой одежде, как настоящая девушка из рыбацкого посёлка — дочь моряка, внучка моряка и, очевидно, будущая жена моряка.

Я вышел из машины; Варя подбежала и вдруг обняла меня, коротко, но достаточно крепко, скорее по-товарищески, чем по-женски.

— Не обижайся на деда, — сказала. — Ему семьдесят три года. Проблемы с сердцем, и при этом водку пьёт. И он страшно вредный.

— А кто обиделся? — спросил я басом, расправляя плечи. — Никто не обиделся. Всякое бывает.

Варя посмотрела открыто, с симпатией, с благодарностью, с интересом.

— Он на меня накричал. Даже матом ругался. Сказал, чтоб я тут ни с кем не связывалась.

— Тут — это где? — спросил я.

— Во Владивостоке. Он сказал, что тут всё прогнило и разворовано, и продано китайцам.

— Ничего не прогнило, — ответил я. — Но в общем твоего дедушку можно понять.

— Ещё он сказал, что местные парни — все бандиты, воры и контрабандисты. И чтоб я к тебе близко не подходила.

— Понимаю, — сказал я. — Слушай, твой дед — военный человек. Военные всегда думают, что они самые правильные. Кстати, это так и есть.

— Может, он и правильный, — сказала Варя, — но ужасно отсталый. Всё время смотрит телевизор, канал «Звезда». Документальные фильмы про войну и про Сталина. И ещё, между прочим, мемуары пишет. Ручкой на бумаге...

— Садись в машину, — предложил я. — Замёрзнешь.

— Нет, — сказала Варя. — Я пойду. Но ты не уезжай никуда. Дед рано засыпает. Я сейчас ему ужин сделаю — он поест, водки выпьет, папиросу выкурит и сразу спать ляжет. Он в десять часов вечера уже спит. Он заснёт — и я сразу к тебе выйду. Хорошо?

Я кивнул, и Варя ушла в дом.

Смотри-ка, подумал я, она ему ужин готовит. А сама три дня как приехала. Старик явно много лет живёт бобылём и готовит себе еду сам, — а вот теперь образовалась юная внучка из Питера, и она, не успев чемодан разобрать, уже стряпает, заботу проявляет. Для дедушки, с которым едва знакома.

Тёплый её выдох остался на моей шее.

Некоторые люди, особенно противоположного пола, — они везде, где бы ни оказались, выглядят как чужие, не настоящие.

В клубе они стесняются, в ресторане — помалкивают, в собственном подъезде — хихикают. В моей машине бесконечно курят сигаретки с ментолом, не спросив разрешения, а окурки кидают в окно.

А некоторые — наоборот, везде — как свои, хоть на Путятине, хоть в Петербурге.

Одни как-то умеют сразу срастись с реальностью, какова бы она ни была — а другие не способны. Сама жизнь их отторгает.

Ещё раз скажу: это касается не только девушек, вообще всех людей, и молодых, и взрослых.

Это как в тайге или в океане: со всем, что тебя окружает, ты вступаешь либо в симбиоз, либо в противоречие.

Ты либо принимаешь мир, каков он есть, со всеми его грубыми фокусами, — либо отторгаешь его, ненавидишь.

Либо срастаешься, либо нет.

Звучит умно или даже заумно, но на самом деле такова простая истина: у нас в Приморье по человеку сразу видно, принимает он этот мир или не принимает; здешний он или посторонний; уедет он в конце концов или останется.

Посёлок Путятин между тем покрывался, как одеялом, ночным сумраком. Запахло дымом — в домах зажгли печи. Брехали многочисленные собаки. Островитяне готовились к ночлегу. Где-то раздались голоса, где-то заблеяла коза, где-то заплакал ребёнок; всё было похоже на обычную бедную сухопутную деревню, но я знал, что это не так. Я чувствовал большую воду — она была тут, везде, за каждым поворотом, дыхание моря свободно прокатывалось над старыми шиферными крышами; море придавало смысл всему происходящему, сообщало дополнительное измерение.

Длина, ширина, высота — и море, его сила, его энергия, его запах.

Варя, как обещала, пришла в четверть одиннадцатого; я врубил весь свет, все шесть фар — и мы поехали.

Остров Путятина вытянут с юга на север и на карте имеет вид топора: на севере — широкая часть, с двумя бухтами, на юге — узкая полоса суши; с западного берега до восточного пешком — всего ничего. Варя, правда, отказалась идти пешком — боялась клещей. Я пытался её успокоить, сказал, что энцефалита здесь нет, что клещи меня кусали множество раз, и ничего, живой и здоровый, — но девушку с Васильевского острова это не убедило.

Только тронулись — я остановился.

— Тут лягушка, — объяснил Варе. — Я её ослепил, что ли.

Вышел из машины, осторожно взял большую бурую лягушку, замершую в свете фар, и перенёс на обочину, в траву.

Варя поморщилась и сказала, что от лягушек бывают бородавки.

Я посмеялся.

Я показал ей кекуры — торчащие тут и там по побережью скалы причудливого вида: одни похожи на столбы, другие на зверей, третьи вообще ни на что не похожи.

При слабом свете звёзд они выглядели волшебно, живыми, громадными чёрными чудовищами, готовыми к прыжку.

Каждая скала — как древний Ктулху, поднявшийся из океанских глубин, или как кайдзю — японский монстр, обитатель запредельных бездн, житель преисподней, залегающей ниже морского дна.

— Фантастика, — сказала Варя.

Я заговорил про фантастику, и оказалось, что Варя знает и про Ктулху, и про кайдзю, но больше того — нам нравится одна и та же книга, «Дюна» Фрэнка Херберта, и одноимённый фильм Дэвида Линча, того самого, который потом сделал «Синий бархат» и «Твин Пикс».

Когда я упомянул «Твин Пикс», Варя подпрыгнула и издала радостное восклицание.

— Твин Пикс! Ты гений, Витя!

— В чём же моя гениальность? — спросил я скромно.
— В том, что ты это всё расшифовал! Этот остров! Эти камни! Как ты говоришь — кекуры? Очкуры?
— Не путай, — поправил я. — Очкуры — это всякие укромные дыры и проходы, а кекуры — это выветренные скалы...
— Не важно! — перебила Варя, продолжая улыбаться и сверкать глазами. — Неужели ты не видишь? Это всё — «Твин Пикс»! И дед мой — персонаж «Твин Пикса»!
— Ну тогда и мы с тобой тоже, — сказал я.
— Конечно! Конечно!
— Погоди, — сказал я. — В «Твин Пиксе» была загадка. Кто убил Лору Палмер? А тут загадки нет. Ты не Лора Палмер. А я не агент Купер...
— Зря ты так думаешь, — сказала Варя. — Ты немного похож внешне. А по поведению ещё больше похож.

Я не стал возражать, мало ли на кого я похож. Пусть будет агент Купер, я не против.

Так вышло, что всю ночь мы неспешно катались по просёлкам маленького острова, но говорили не про местные красоты, не про берега, шелестящие прибоем, не про скалы-кекуры — а про фильмы, про книги и про музыку.

А когда надоедало говорить — целовались.

Но это никого не касается.

Не знаю, что лучше: говорить про книги и музыку или просто целоваться.

Мы сошлись на любви к режиссёру Финчеру, который снял «Семь» и «Бойцовский клуб», и на ещё более горячей любви к режиссёру Нолану, который снял «Начало» и «Интерстеллар».

Мы сошлись на сугубом уважении к «Ред хот чили пепперс», и к Эми Вайнхаус, и к «Линкин Парк».

Мы сошлись на уважении к Булгакову и Достоевскому.

Но «Подростка» Варя не читала; только «Бесов» и «Братьев Карамазовых».

Когда я заговаривал про Достоевского — она усмехалась, чуть снисходительно; она, коренная жительница Петербурга, воспринимала Достоевского как соседа по дому.

Она объяснила мне, откуда у Достоевского эта его тяжкая монохромная мрачность; от погоды, сказала Варя, от нашего климата; всегда холодно, всегда сыро, всегда тучи, солнце вышло — праздник; всегда и всюду холодная вода, Нева, каналы, Балтика.

А я объяснил ей, что нельзя так думать про воду, хотя бы и холодную; море заряжает энергией, море — это свобода. Море — это обещание дальнего странствия.

И ещё хотел добавить, чтоб не путала свой город и мой город: у нас во Владивостоке — 250 солнечных дней в году. Приморский край — одно из самых солнечных мест в стране.

Но не добавил. Я про Петербург мало знал. А если не знаешь — не говори.

Где я, а где Петербург?

Только долететь до него — стоит четыреста долларов.

Я знал, что Петербург — морская столица страны. Я знал, что там — огромные торговые и военные порты и ещё более огромные кораблестроительные заводы. Я знал, что там обучают и готовят морских специалистов, военных и гражданских офицеров флота. Я знал, что Петербург — центр науки, изучающей моря и океаны; учёные из Петербурга бороздят любые океаны по любым направлениям, зимуют на Северном полюсе и на Южном.

Я знал, что в этом городе есть Эрмитаж, Адмиралтейство, квартира Пушкина и Петропавловская крепость.

Я знал, что во время войны Петербург — тогда он назывался Ленинград — пережил блокаду; от голода и холода умер каждый второй житель, общим числом под миллион. Я знал, что блокада Ленинграда считается одной из самых кошмарных страниц истории последней войны.

Больше я ничего не знал про Петербург.

Нет, вру: знал ещё, что в этом городе в конце прошлого века родилась русская рок-музыка, Цой, Гребенщиков и ещё какие-то люто древние, но авторитетные музыканты, типа Кинчева и Науменко, которых сейчас слушать невозможно, но и не уважать нельзя.

Варя, выслушав всё это, сказала, что я всё правильно понимаю про Петербург, только мало и фрагментарно.

Она сказала, что Петербург — это настоящий европейский город и колыбель русской свободы, что там было восстание декабристов, что это родина не только Достоевского, но и Блока, Ахматовой, Набокова, Бродского, Эйзенштейна и Германа, и ещё громадного множества художников и учёных.

Не все из упомянутых имён были мне знакомы, но я, разумеется, не возражал, только кивал и смотрел Варе в глаза.

На рассвете небо очистилось.

Я отвёз Варю домой; боялся, что старый капитан сейчас выйдет на крыльцо и покроет меня громокипящими морскими матюгами. Но никто не вышел; посёлок едва начал просыпаться.

Первый утренний паром был забит мужиками. Почти все они работали в Дунае или Фокино и выглядели угрюмыми, но уверенными.

Когда есть работа — это хорошо. По себе знаю.

Обратно летел, как на крыльях. Только мелькали указатели: «Фокино», «Молёный Мыс», «Шкотово».

Через час (я ещё был в дороге) она прислала сообщение: «Спасибо! Хочу ещё!»

Я начал думать, что это значит. У меня так бывает: девушка, может, ничего такого и не имела в виду, а я себе уже насочинял.

И потом: «Владивосток очень красивый!»

И потом ещё: «Какой ты счастливый, что здесь живёшь!»

Я понял, что влюбился. Сильно. Никогда раньше так не влюблялся.

И у меня были все шансы рассчитывать на взаимность.

9

Что делает весной человек, имеющий автомобиль?
Он меняет резину.
Снимает зимнюю, ставит летнюю.

За долгий изнурительный зимний сезон далеко не каждый водитель Владивостока избежит аварии. С нашим климатом, нашими сопками и нашими дорогами это естественно.

«Не ты — так в тебя».

Большинство влетает по мелочи, но многие всерьёз.

Много бьётся новичков — тех, кто едва сел за руль. На мастеров тоже бывает своя проруха.

Если в городе 400 тысяч машин, а в пригородах и дальше на север и восток, включая Уссурийск и Находку, — ещё около 200 тысяч, то всего в округе не менее 600 тысяч автомобилей.

Даже самая дешёвая, сильно хоженная японская или корейская резина на ваш автомобиль обойдётся вам в сто–двести долларов за комплект из четырёх шин.

В год автовладельцы Приморья покупают одних только автомобильных шин на 50 миллионов долларов. Это Серёга Мариман подсчитал.

Это значит, что если забрать себе всего сотую часть рынка, всего-навсего один жалкий процент — это обеспечит полмиллиона долларов ежегодной выручки.

И это всего лишь небольшая часть всего автомобильного рынка в Приморье — весь рынок, в 900 тысяч автомобилей, в основном праворульных — стоит миллиарды и кормит сотни тысяч человек.

В том числе и меня.

Разбитые за зиму машины ремонтируются. Одни — в дорогих сервисах, другие — в дешёвых. Многие — особенно бывшие моряки, люди с пониманием инженерного дела, — чинят свои убитые «калдины» и «кресты» собственными руками. Повреждённые кузова вытягиваются на самопальных стапелях. У большинства нарушена геометрия. На автомобиле с нарушенной геометрией кузова нельзя правильно выставить сход-развал. По дорогам Приморья катят десятки тысяч перекошенных колымаг. Их хозяева никогда не покупают новые шины: бесполезно. Если лонжероны «ушли», то развал не выставишь; резина сжирается за считаные недели.

Перезимовав с грехом пополам, хозяева убитых, подлатанных рыдванов весной приезжают ко мне.

Я встречаю их с распростёртыми объятиями.

Моя работа — не самая увлекательная. Но и не позорная нисколько. Наоборот, я чувствую себя нужным.

Я востребован.

Ходить в море на сейнере или траулере и тягать невод или трал с рыбой гораздо труднее.

До обеда я продал пять покрышек, два диска четырнадцатого радиуса и ещё отгрузил комплект новой резины постоянному клиенту, приятелю Серёги Маримана. Постоянный клиент, подваливший на белом, как пароход, джипе «ниссан-сафари», денег в кассу не заплатил, перевёл безналично, однако сунул мне двумя пальцами сто рублей за то, что я каждое колесо поместил в чёрный полиэтиленовый мешок и аккуратнейшим образом разложил в громадном багажнике.

От чаевых я не отказываюсь никогда: не гордый. Деньги есть деньги.

Отношению к деньгам я научился у китайцев.

Десять рублей — тоже деньги, пятьдесят — нормальные деньги, сто — большие деньги.

Пятьсот рублей — подарок судьбы. Тысяча рублей — чудо и воля богов.

В моём бизнесе гордым быть нельзя. Незачем.

Хочешь выжить — не будь брезгливым.

Несколько раз бывало: приезжали мои друзья по универу. Из тех, кто побогаче, кому папа с мамой купили тачку. Приезжали за резиной — и вдруг обнаруживали меня: бывшего однокурсника, одногруппника, а ныне — разбитного продавца в драном свитере и чёрных от грязи нитяных перчатках. Узнав меня, удивлялись. О, говорили, Старцев, какая встреча, вот, значит, чем ты теперь занимаешься! И смотрели с сочувствием, как на больного. А я уравновешенно отвечал: да, резину продаю, какие проблемы? Ещё неизвестно, что сложнее: толкать бедолагам лысые покрышки или писать диплом по истории советско-японского военного конфликта у озера Хасан.

Иногда мне кажется, что лысые покрышки гораздо нужнее обществу, нежели исторические монографии.

Моя правда — жёсткая, неудобная и, если угодно, выстраданная — заключается в том, что есть два мира: один — реальный, грубый, даже циничный, мир насущных человеческих потребностей, жажды и голода, мир, в котором ты или выживаешь, или гибнешь — и другой мир, чистенький, не совсем настоящий, мир сытых, устойчивых, благополучных, — тех, кому повезло.

И эти два мира никогда не договорятся.

Либо ты знаешь, почём кусок хлеба, либо не знаешь.

Иногда я скучаю по своей студенческой жизни. Это было прекрасно, незабываемо. Новые люди вокруг. Умные пацаны, умные девчонки.

Очень умные преподаватели: невозможно переспорить. Язвительные, циничные, их нельзя было не любить.

Ребята были отовсюду. Сахалин, Магадан, Благовещенск, Биробиджан.

Я оказался в новом мире, лучшем, великолепном, среди умнейших людей.

Этим прекраснейшим из миров управляли — знания. Чтобы жить в этом мире, надо было непрерывно учиться: собирать знание.

Чтобы контролировать и управлять настоящим и чтобы создавать будущее, человек должен хорошо помнить своё прошлое.

Прошлое — это опыт. Прошлое нужно знать, чтобы не совершать ошибок в настоящем.

Прошлым занимается история — наука, спасающая людей от забывчивости.

Память среднего человека коротка. Подавляющее большинство людей знает и помнит своих дедов, но почти ничего не знает и не помнит о прадедах.

О событиях, произошедших сто пятьдесят лет назад, средний человек не имеет никакой информации, и когда ему нужно что-то узнать — во всём полагается на историков.

О событиях, произошедших тысячу лет назад или три тысячи, нечего и говорить. Историки, владеющие информацией о столь древних и тёмных временах, кажутся обществу жрецами таинственного культа и одновременно смешными чудаками.

Я любил историю, на первом курсе — романтически, на втором — уже взросло, серьёзно, выбирал себе тему, чтоб сделать хорошую курсовую работу; у меня созрел план стать профессиональным историком, посвятить науке жизнь или какую-то её часть.

Я любил ходить в архивы и вдыхать запах старой бумаги, я любил Интернет за то, что в нём есть почти всё; я любил искать и находить то, чего нет в Интернете и архивах.

Поиск знания вызывал во мне охотничий азарт.

Два года прожил настоящим студентом, бухал, влюблялся, дрался, читал книги, строил планы, искал, где подзаработать, перехватывал пятихатки у отца; учёба давалась легко, я всё успевал — и надраться, и тему выучить, и смотаться с приятелями в Суньку, посмотреть, как живёт соседний громадный народ, и в кино сходить, и летом на пляж, и осенью в тайгу, — а через два года надоело. Как отрезало.

Всё, что восхищало, — перестало восхищать.

С исторической наукой всё было ясно. Либо я ухожу в неё и принимаю жизнь учёного, со всеми её достоинствами и недостатками, либо нет, и тогда я — случайный человек в университете.

С приятелями и однокурсниками тоже было ясно: половина из них хотела уехать на материк, на Запад, в Москву и в Питер: они *искали варианты*.

Со студенческой жизнью тоже было ясно, яснее некуда. Она беззаботная. Как школа, только лучше: школьнику ничего нельзя, а студенту всё можно.

Такой странной, фантастической жизнью, свободной и бестолковой, можно прожить год, ну полтора, два максимум.

Потом ты взрослеешь и трезвеешь.

На третий курс я перевёлся, уже путаясь в тяжких сомнениях; уже пропускал лекции, уже не интересовался новостями; искал твёрдую работу за твёрдые деньги.

Однокурсники — те, кто приехал издалека, — относились ко мне с уважением, приходили за советами: а как тут насчёт машину из Японии пригнать и на этом заработать? А как насчёт купить у браконьеров гребешка и на этом заработать? А как насчёт снять документальный фильм про парк каменных драконов в селе Чистоводном, продать его Би-би-си и на этом заработать?

Обычно я отвечал: давайте, пробуйте. Пригоняйте, покупайте, снимайте.

До Чистоводного — триста с чем-то километров, и асфальт не везде; езжайте. И там ещё пешком по тайге.

А если хотите заработать на гребешках — есть только один способ: самому стать браконьером.

А если хотите включиться в авторынок — включайтесь, вместе с тысячами таких же новичков; добро пожаловать в это миллиардное казино; каждый из нас хоть раз, но пытался сыграть. Я тоже пытался.

На третьем курсе я уже не учился, и в середине года оформил академический отпуск и ушёл.

Не жалел и не жалею. Когда устроился продавать резину — про университет забыл, и вспоминаю редко. Хорошее было время, и я его не потратил впустую, очень много узнал полезного, и про себя в том числе.

Наконец, дождался самого главного события: Варя снова написала.
«Чем занимаешься?»
Тёплая волна прокатывается по мне.
«Работаю».
«Понятно. Не буду мешать. Позвони, когда сможешь».
«Ты мне никогда не помешаешь», — отвечаю я, но тут подходит покупатель, солидный человек в коже и меховом воротнике, в поисках двух максимально дешёвых покрышек 13-го радиуса, с крупным грязевым протектором — поставить не на машину даже, а на лодочный прицеп; такие как раз у меня есть, и я с сожалением откладываю телефон и бегу в дальний контейнер, и извлекаю две искомые шины; они выглядят как новые; меховой воротник доволен и платит, не торгуясь.
Наконец, я ей звоню, но она не берёт трубку.
Ничего, думаю, бывает. Перезвоню попозже.
От вчерашней прогулки остался набор обрывочных воспоминаний, приятных картинок: её взгляды, её каштановые лёгкие волосы, её куртка, слишком нарядная для наших мест; её рассказы про огромный шестимиллионный Петербург, и мой вопрос — а как вы там все умещаетесь? — и её ответный смех; мы почти всё время смеялись, как дураки.

И я с наслаждением, с высоты своих суровых и мощных двадцати шести лет, опустился до её детских девятнадцати, и это было совсем нетрудно.

Она рассказывала про своих подруг, про их любови, про шопинг, про шмотки и обувь, про музыку, про отца, пламенного фаната клуба «Зенит»; она употребляла незнакомые мне слова «сквот» и «парадняк»; она пыталась объяснить мне, что такое «разводные мосты», а я не понимал: наши, владивостокские мосты совсем другие, они парят в небе, и под ними может пройти любой корабль. А разводные мосты — это какой-то развод.

Мы закидывали друг друга вопросами, ей было всё интересно, мне тоже. Она спрашивала, сколько стоит снять квартиру в центре города, и почему такие туманы, и почему такие лютые стоячие пробки, и где лучший кинотеатр, и где можно покататься на велосипеде, и какой здесь лучший сервис такси, и почему так мало китайцев, если в Интернете пишут, что весь город давно куплен и заселён китайцами.

А я спрашивал про Петропавловскую крепость, и про дамбу, построенную для защиты от наводнений, и сколько стоит лодочный сарай на берегу залива, и про Кунсткамеру, где хранятся заспиртованными в стеклянных колбах разнообразные уроды, собранные по всей стране по особому указу Петра Первого, и про Военно-Морской музей, и про то, как возят у них контрабас, и ещё опять отдельно — про разводные мосты.

Она говорила, что врачи в России мало зарабатывают, но в целом быть врачом выгодно: если у твоих детей, у твоего мужа или у твоих родителей возникают проблемы со здоровьем — ты всегда знаешь, что делать, ты не паникуешь, не расходуешь понапрасну деньги; ты всегда вооружён знаниями.

Она говорила, что миром управляют знания, что всем рулят профессионалы, что человек должен однажды выбрать себе дело, одно на всю жизнь, и потом упорно следовать своему пути — и тогда, рано или поздно, через десять лет или через пятнадцать, при любой системе, при любой погоде, ты обретаешь равновесие и счастье.

Она говорила, что самая бессмысленная медицинская специальность — это психолог, а самая крутая — это хирург; но женщин неохотно берут в хирургию.

Она говорила, что врачи из России редко уезжают в эмиграцию, потому что подтвердить врачебный диплом в Западной Европе, а тем более в Америке очень и очень сложно; нужно в совершенстве знать язык и терминологию; везде достаточно своих врачей; иными словами, если человек решает стать медиком — он связывает свою жизнь с Россией навсегда.

Она говорила, что Россия — несправедливо устроенная страна, и это очень плохо, и это следует исправлять.

Она говорила, что власть принадлежит министрам-олигархам, что они все — преступники, что им плевать на простых людей, на народ и особенно на молодёжь.

Она говорила, что страшно любит «Доктора Хауса», но если откровенно, ещё больше любит «Сынов анархии», и персонально Чарли Ханнэма.

Я слушал, иногда не понимая, иногда просто фиксируясь на звуке её голоса, на её жестах и прямых взглядах.

Про несправедливо устроенную страну я понимал, но не понимал возмущения своей подруги.

Я считал, что жизнь в принципе штука — несправедливая и что всё в этой жизни относительно.

Я в ответ рассказывал ей, как в прошлом году к нашему берегу прибило рыболовную северокорейскую шхуну, старую шаланду, она едва держалась на воде; на двенадцатиметровой лодке в море вышли двадцать рыбаков, из которых до берега добрались семь, остальные погибли.

Где тут справедливость?

По сравнению с Северной Кореей Владивосток — просто земной рай, город грехов и соблазнов.

А если этих северных корейцев отвезти в Петербург — они, наверное, сойдут с ума.

Я в ответ рассказывал ей, что мать моего друга Димаса работает медсестрой в больнице и имеет 11 тысяч рублей в месяц, с десяти утра до пяти вечера втыкает пациентам капельницы и всё мечтает уволиться, уйти, но уходить некуда.

Я говорил ей, что нам тут, в Приморье, в принципе деваться некуда; здесь — последний берег; дальше — Япония, а за ней — десять тысяч миль пустой воды, вплоть до Калифорнии.

Я говорил ей, что «Доктора Хауса» не смотрел, а «Сынов анархии» выдержал только две первые серии, потому что стало завидно: я бы и сам хотел иметь заряженный мотоцикл, но пока не могу себе этого позволить.

Я говорил ей, что не знаю, кем хочу быть, что пытался стать профессиональным историком, но вовремя понял, что подняться на этом нельзя.

Я говорил ей, что не собираюсь ждать десять лет, чтоб самореализоваться; это слишком долго. Мне деньги нужны сейчас, сегодня, а не через десять лет.

Я говорил ей, что хочу жить — сегодня, а строить далеко идущие планы не умею; просто не хватает фантазии.

Честно признаюсь: в суть дискуссий я особо не вникал, мне нравился сам процесс; это был спор мужчины с Марса и женщины с Луны.

Ни по одному пункту мы не договорились, это нас забавляло; мы хохотали, а когда я вёз её из одного места в другое — слушали Muse.

Я точно знаю, что мне удалось произвести на неё впечатление, мне удалось показать ей свой мир, свой город, свою машину, свой образ мыслей, свою территорию, на которой я чувствую себя хорошо.

В середине дня я устраиваю обед — стакан чая и два куска хлеба, чтоб заглушить голод. Обедать я не привык; как и многие мои друзья и знакомые, примерно ровесники, — я ем один раз в день, после работы, часов в семь-восемь.

Если есть подруга — устраиваешь ужин с подругой. Но подруги тоже экономят на обеде. У всех подруг дорогие телефоны и обувь, но ни одна подруга не отказывается от возможности нормально пожрать.

После обеда, временно и ненадолго сытый, я решаю ещё раз позвонить Варе, но в последний момент передумываю: один раз набрал — достаточно, пусть теперь сама делает ответный ход.

Тем временем небо яснеет и наступает замечательный тёплый день; в воздухе разливается обещание длинного благодатного лета.

Покупателей нет.

Приходит сосед Алик, просит плоскогубцы; я отвечаю дежурно:

— Свои надо иметь.

Но плоскогубцы даю.

Поговорку я перенял от отца. С тех пор как обзавёлся собственным автомобилем и собственным набором инструментов. Это было давно, пять лет назад, когда я был ещё пацан. Как только у меня появилась тачила — отец перестал одалживать мне свои гаечные ключи и отвёртки. Посоветовал завести свои.

Но соседа Алика я уважаю, он редкий человек, полукровка, наполовину русский, наполовину нивх.

Все нивхи Владивостока, имеющие автомобили, отовариваются у Алика. По крайней мере он сам так говорит.

Не знаю, сколько у нас в городе нивхов — может, человек тридцать, из общего числа в четыре с половиной тысячи. Но Алику я верю. Он большой патриот своего миниатюрного народа. С собой он всё время носит листок с распечатанным текстом, озаглавленным: «Обращение вождя нивхского племени кетнивгун к самосознанию своих соплеменников». Вождём племени кетнивгун считается известный советский писатель Владимир Санги, проживающий на Сахалине. По словам Алика, в своё время этот великий человек буквально спас народ нивхов от вымирания, придумал азбуку нивхов и создал нивхскую письменность.

Сам Алик писать на языке нивхов не умеет, но в уме считает очень хорошо, и торговля у него идёт.

Я считаю хуже, но зато я шустрее и крепче физически. Пока покупатель ждёт, я могу за две минуты перекидать справа налево пирамиду из пятидесяти покрышек в поисках одной, нужной. И в моих контейнерах — всегда порядок, всё разложено по размерам.

10

На следующий день мы встречаемся снова.

Она перебирается на материк на первом рейсе парома и едет в город на такси. Она умудряется вызвать такси прямо к пирсу.

Я снова взял отгул, мне совершенно не хочется работать. Я думаю только о Варе. Я ничего не могу с собой поделать. Я не попадаю ключом в скважину замка.

Для порядка я выхожу с утра, отмыкаю свои контейнеры, но покупателей нет, я изнываю от нетерпения с десяти утра до полудня, — наконец, она звонит, я закрываю лавочку и выезжаю.

Машина отдраена донельзя; сверкает.

Сам тоже — в лучших одеждах, выбрит тщательно.

На флешку перекачано несколько гигов разнообразной модной музыки — списал трек-лист у Димаса.

Готов ко всему.

Вчера был открыточный, попсовый, туристический Владивосток — сегодня будет мой собственный, настоящий.

«Тру», как сказал бы Димас.

Встречаю Варю возле вокзала; обнялись, прижались крепко; губы её были горячие, влажные.

Я повёз её обедать на китайский рынок, в чифаньку.

В прохладном зальчике, с дешёвыми обоями, сидя за столом с клеёнчатой скатертью и русским меню со смешными ошибками («жареные луки свиньи» и всё такое), мы наелись свинины в кисло-сладком соусе, харбинского салата и бананов, жаренных в карамели; это было очень неплохо и стоило копейки. Ну, почти копейки.

Варя оказалась приятно удивлена. Кстати, оказалось, что с палочками она управляется ловчей меня. Я-то даже в чифаньке обычно прошу вилку.

Перед отъездом она забыла зарядить телефон и теперь нервничала, ждала какого-то важного звонка издалека; хозяин чифаньки — звали его Чжан, но он отзывался на Ваню, — лично сбегал к соседям и принёс зарядку для айфона, и ещё прихватил удлинитель, и протянул провод через половину зала, от розетки — прямо к нашему столу, и подключил телефон Вари на её собственных глазах.

Спустя два часа, когда мы объелись и заплатили (платил я, хотя Варя порывалась внести свою долю), Чжан-Ваня принёс мешок с карамельными конфетами, улыбался и кланялся, положил перед Варей.

— Это тебе, — объяснил я. — Называется «китайские чаевые». Подарок от заведения.

Варя была растрогана, её айфон зарядился на 100 процентов, и мы оба ушли счастливые и сытые.

Пожрать в чифаньке было дешевле, чем в каком-нибудь фастфуде.

Как это удавалось китайцам — я не знаю.

Нет, знаю, конечно. Другое отношение к деньгам.

Надо будет в следующий раз повести Варю к корейцам. Пусть попробует настоящий пибимпап или пулькоги.

Потом она сказала, что хочет в клуб.

— А успеть на паром? — спросил я, и она тихо ответила: потом разберёмся.

Я кивнул; мы поехали в «Козерог».

Сегодня за стойкой работал Димас.

Всё было подготовлено идеально.

При входе нас спросили, ожидают ли внутри; я ответил, что у меня тут столик на фамилию Старцев.

Нас провели и усадили в углу, в лучшем месте, убрав табличку резерва.

За соседними столами сидели взрослые, лет сорока—сорока пяти, мужики со своими ярко накрашенными жёнами и подругами. Подруги были моложе и ярче, жёны — старше и одеты дороже.

На меня, облачённого в джинсы и свитер, мужики посмотрели холодно и с раздражением, но на Варю, юную и шикарную, с большим интересом.

Подбежала официантка — что вам принести прямо сейчас?

— Мы возьмём в баре, — сказал я и потащил Варю за руку в сторону бара.

Димас протирал тряпкой стаканы. Мы пожали друг другу руки.

— Это Варвара, — сказал я. — А это — Дмитрий.

Димас улыбнулся во всю свою клавиатуру. Он выглядел браво. Он излучал успех.

— Добро пожаловать во Владивосток! — сказал он. И налил Варе.

— За счёт заведения. Спасибо, что пришли!

Она помедлила, но выпила.

Мы вернулись за стол.

Как всегда в будний день, клуб был заполнен едва на треть.

Несколько романтических пар; подальше, за тремя сдвинутыми столами, отдыхала компания моряков, явно вернувшихся вчера или позавчера из дальнего рейса. Они были уже здорово пьяны и не представляли никакой угрозы — все взрослые, в районе сорока, морщинистые, обвстренные. Рядом — их жёны, пьяные ещё сильнее собственных мужей.

У стойки бара маялись несколько жриц любви, одетых в обтягивающие шмотки.

Полутёмное пространство украшали ещё несколько молодых девчонок, пришедших просто потанцевать; по будням в «Козерог» девушек пускали бесплатно; девушки денег совсем не имели, перед тем, как зайти в клуб, они покупали в магазине неподалёку бутылку водки, выпивали на двоих или на троих и шли развлекаться, не расходуя ни копейки.

За барной стойкой сидели трое задумчивых и слегка угрюмых парней лет по тридцать — Димас, опытный человек, называл их «терпигорцами». Они приходили обычно часам к десяти, быстро напивались в хлам, заказывали только крепкое; Димас зарабатывал на них хорошие деньги; к полуночи, накидавшись, «терпигорцы» снимали девушек, покупали им дорогие беспонтовые коктейли — тут Димас опять хорошо зарабатывал — и исчезали, обычно вдвоём с девушкой, но некоторые, самые неловкие, всё равно без девушек, не умея договориться из-за глупости ума или грубости натуры. Получив отказ от всех девушек, они — неудачники из неудачников — заливали обиду бухлом, пока не засаживали всю наличность. Тогда их выталкивали взашей.

Иногда они затевали драки, но редко.

Всё было как обычно.

Варя наслаждалась.

Попросила ещё дозу того же виски.

Я был доволен.

— Уматно? — спросил её.

— Пойдём покурим! — сказала она мне, наклонившись к уху. — Я хочу курить!

Снова я сместился к стойке, огибая нетрезвых, взял у Димаса сигарету.

Вышли на воздух; на ступеньках Варя взяла меня за локоть, оперлась.

Я понял, что она уже была моя.

На крыльце, кроме нас, курили ещё несколько, таких же пьяных.

— Здесь очень круто, — сказала Варя, затянувшись.

— Тебе хорошо? — спросил я.

— Очень.

— Я тут ни при чём, — сказал я. — Ты просто акклиматизировалась. Сколько ты уже у нас?

— Шесть дней, — ответила Варя.

— Ну вот. Как раз. И джетлаг прошёл, и к воздуху привыкла.

— Кстати, да, — сказала Варя, подумав. — Ты прав. Но у нас в Петербурге воздух такой же. Сыро всегда. Поэтому у нас много пьют.

— Это заметно, — сказал я. — Виски, я вижу, тебя не пугает.

— Виски — классный! — весело сказала Варя.

— Весь город его пьёт, — ответил я. — Добро пожаловать во Владивосток.

В ответ она улыбнулась, так, словно хотела поцеловать, но потом, наверное, вспомнила, что курит сигарету — а под сигарету поцелуи невкусные.

— Ты вроде не куришь, — сказал я.

— Иногда курю, — ответила Варя. — Тебе неприятно?

— Нет, — сказал я. — Нормально. Кури на здоровье.

— Я курить не люблю, — сказала Варя. — Это вредно. Но иногда прикольно. Ты простишь меня за это?

— Конечно, — сказал я. — Никаких проблем.

— Спасибо, — сказала Варя, — ты настоящий джентльмен.

Я посмотрел в её глаза и понял — девушка находится в нужном, в правильном градусе, в том самом.

Хорошо поужинала, виски, сигарета, громкая музыка, солёный ветер с залива.

— Тут у вас классно, — сказала Варя. — Я в шоке. Честно. Я не знала, что такие места бывают. Я просто наслаждаюсь.

— Отлично, — сказал я. — Это была моя цель. Чтоб ты получила удовольствие.

Она сильно затянулась сигаретой; я вздрогнул; точно так же, тем же ходом пальцев, с той же гримасой курил её дед. Суровый старый капитан неизвестного мне корабля. Или, скорее, обломок кораблекрушения.

— Ты похожа на своего деда, — сказал я.

— Не хочу, — ответила Варя. — Не хочу быть похожей на деда. Хочу быть похожей на саму себя. Пойдём ещё выпьем.

Вернулись в зал.

Здесь уже гремела музыка, диски двигал какой-то диджей, лихой, но грубый; танцпол сверкал огнями.

— Танцуешь? — спросила Варя.

— Нет, конечно, — ответил я. — Но ради тебя могу.

И мы какое-то время танцевали.

Станцевать — это было меньшее, что я мог сделать для неё.

Кроме нас, танцевали ещё семь или восемь девушек и несколько мужиков.

Официантка принесла ещё дозу.

Я не пил — но, глядя, как пьянеет Варя, пьянел за компанию.

Истина заключается в том, что петербургские девушки пьянеют точно так же, как владивостокские.

Сам я пил только воду с газом — за рулём же.

Но даже если бы пришёл на своих двоих — всё равно бы не пил, хмелеть сегодня не хотел, а хотел оставаться трезвым, чтоб весь мир вокруг меня стоял крепко: и клуб «Козерог», и стоянка возле клуба, и таксисты на этой стоянке, дерзкие, жадные, измученные недосыпом; и приезжая девушка Варя, в хлам убитая с четырёх доз нашего знаменитого фирменного «ямадзаки»; тот вечер был одновременно и местным, обыкновенным приморским майским вечером — и необычным, особенным; я гулял по городу приезжую девушку, я обеспечивал ей полный набор наслаждений.

Я вижу: она возбуждена, я ей интересен, и мир вокруг меня, вокруг нас — тоже интересен; она прилетела на другую планету и теперь кайфует, побеждённая новизной ощущений.

И я — её проводник, её сталкер, знающий все здешние секреты; она ждёт, что я проведу её по тайным тропам.

Законы жанра требуют, чтобы из этого подземелья, сверкающего огнями, ревущего музыкой, я бы увёз любимую девушку в некое поместье на берегу, с видом на океан.

Имел был лишних тысяч десять — снял бы ради неё номер в дорогой гостинице. Проверенный вариант, однако, увы, сегодня недостижимый.

Она всё понимала, эта юная девчонка с другой стороны глобуса. Она знала: сегодня мы поедем ко мне и будем спать вместе. Она ни слова не сказала про то, что ей нужно успеть на паром.

Я заплатил по счёту; вышло приемлемо.

Возле моей машины стояли, пошатываясь, двое из моряцкой компании, оба — в *тло*. Моряки и старатели-вахтовики пьют не так, как обычные граждане: в рейсе или на прииске — сухой закон, по три-четыре месяца ни капли спиртного, зато потом — сошёл на берег, и вперёд. До победного конца или состояния «оверкиль».

Увидев меня, подходящего под руку с Варей, один из двоих, массивный, красный от выпитого, собрался с мыслями и спросил:

— Твоя целка?

Варя окаменела.

— Моя, — сказал я.

— Что? — спросила Варя.

— А сколько лет? — спросил краснолицый.

— Девятнадцать уже.

— Это вы про меня? — спросила Варя.

— Почём продаёшь? — продолжал морской.

— Не продаю, — сказал я.

— Хамить нехорошо, — сказала Варя краснолицему и села в машину; я закрыл за ней дверь.

— Девушка не местная? — предположил краснолицый, усмехаясь.

— Да, — ответил я. — Издалека приехала. Давай, брат, удачи тебе.

— И тебе, — ответил моряк.

Едва отъехали, Варя снова закурила. Где взяла сигарету — я не заметил; но вообще она была в этот вечер в центре мужского интереса, на неё оборачивались, она имела успех, гибкая, подвижная, весёлая. Кто угодно мог угостить её сигаретой, а многие были готовы и на большее.

— Целка, — сказала она. — Какая гадость.

— Он говорил про машину, — ответил я. — Машина называется Toyota Celica. У нас все говорят — «целка». Эти парни говорили про машину.

— Господи, — сказала Варя. — А я на свой счёт приняла.

Я засмеялся и тут же замолк, побеждённый ужасным подозрением, и даже притормозил посреди Океанского проспекта; сзади возмущённо загудели.

Я отвернул к обочине.

— А ты, значит... Это... девственница?

Тут уже засмеялась Варя.

— Нет, конечно, — сказала, — ты дурак, что ли? Какая из меня девственница? Поехали!

Обрадованный донельзя, я надавил на педаль.

Конечно, не девственница, подумал, что за глупый вопрос; за два часа — полтора стакана виски уговорила; впрочем, кто их разберёт, девушек с материка.

Какое-то время молчали. Варя курила.

— Ты, значит, специалист по машинам.

— Нет, — ответил я. — Не скажу, что специалист. Но тачки люблю. И на этом зарабатываю. Резину продаю, оптику ставлю.

Подумал, что ещё сказать, и коротко добавил:

— Бизнес.

— То есть ты — автомеханик?

— Нет, — ответил я. — Вряд ли. Точно не автомеханик.

— Тогда, — спросила Варя, — как называется твоя профессия?

— Никак не называется, — ответил я. И отшутился: — Специалист широкого профиля. Это всё временно. Тачки, колёса, фары... Это не профессия. Это — чтоб с голоду не пропасть. Со временем найду что-нибудь посерьёзнее.

Варя выкинула сигарету за борт.

— У нас в Петербурге ребята так же говорят. «Я пока курьером». «Я пока таксистом». «Я пока грузчиком в "Ашане", а потом что-нибудь найду...»

— И что? — спросил я. — Это плохо?

— Не знаю. У всех всё временно. Все куда-то пристраиваются и чего-то ждут.

— А как ещё? — спросил я. — Какие варианты? На подсосе у папки с мамкой? Таких тоже навалом. Особенно среди девчонок.

— А при чём тут это? — спросила Варя. — Ты что, мизогин?

Я не знал, что такое «мизогин», но на всякий случай уверенно ухмыльнулся.

— Нет, конечно. Я обыкновенный местный парень. Пытаюсь рассказать, как тут обстоят дела с работой. Работы мало. Чтобы жить, надо крутиться. Я хотел отучиться на историка и пойти в аспирантуру. Но тогда эту машину я бы себе никогда не купил. И мы бы с тобой не познакомились. Ты бы приехала сюда, во Владивосток, я бы прошёл мимо тебя — а ты на меня даже не обратила бы внимания.

Варя засмеялась:

— С чего ты взял?

— С того, — ответил я. — Девчонки любят пацанов с баблом. И дело тут не в бабле, конечно. Я ни на что не намекаю. Бывает, у девушки есть своё бабло. Например, родители подкидывают. У нас таких девушек много. Но эти девушки, имея своё бабло, тоже выбирают себе парней с баблом. А не студентов истфака.

Варя молчала, слушала.

На Океанском, несмотря на позднее время, переливалась рубиновыми огнями длинная, как рыба змееголов, пробка, и я свернул на улицу Прапорщика Комарова, основателя города Владивостока.

— Так нельзя, — сказала Варя. — Всё это неправильно.

— Что неправильно? — спросил я, объезжая яму в асфальте.

— Всё неправильно, — ответила Варя. — Ты хотел быть историком, а стал продавцом шин. И сейчас убеждаешь меня, что так и надо. А так не надо. Надо, чтобы с нами считались. С молодыми. Ты телевизор смотришь?

— Нет, конечно, — ответил я. — Тыщу лет не смотрел, и не тянет. У меня компьютер есть.

— А ты посмотри, — сказала Варя.

В её голосе появилась нота, ранее мне незнакомая, твёрдая, злая.

— Посмотри, — повторила она. — Там сплошные шоу про стариков. Старики поют, старики пляшут. Пенсионная реформа! Старики им важнее! А на нас им положить. Они про нас не думают, они с нами не разговаривают...

— Кто — они? — спросил я.

— Власть, — сказала Варя. — Правительство. Путин. Мы им не нужны. Мы как будто уже у них в кармане. Типа, никуда не денемся. Типа, мы ручные.

— Эх, — сказал я. — Видно, что ты с Запада. Путин, правительство... У нас тут немного по-другому. До правительства — девять тысяч километров. Может, оно и хорошо, что про нас не думают? Ну его на хрен, это правительство. Своя голова должна быть на плечах. Сама подумай, где мы — а где правительство.

— Нельзя так рассуждать, — сказала Варя.

— Ладно, — сказал я. — Не буду. Как скажешь. Этот вечер посвящён тебе, и я не хочу его портить. Кстати, мы приехали. Вот мой дом.

И я показал ей на гостинку.

В час ночи здесь бурлила, бесилась жизнь, окна где горели в триста ватт, где мерцали оранжевым интимом, а где переливались разноцветно. Доносилась музыка, песни и бессвязные пьяные вопли.

Здесь жили одним днём.

Мы зашли; тут я понял, что Варя сильно пьяна; пошатывалась; я её поддержал под локоть.

Я веду её по коридору, пахнущему жареной рыбой, и шучу какие-то несмешные местные шутки, а Варя слушает и усмехается мирно.

Я помещаю её на кровать, раздеваю и овладеваю ею; Варя громко стонет. Ей нравится.

Спать мы в ту ночь не стали. Лежали, обнявшись, до рассвета.

Может, она и подремала с полчаса. Я не сомкнул глаз: не хотелось.

Рано утром, умывшись ледяной водой из-под крана и выпив кофе, погнали по находкинской трассе.

Радио обещало хороший ясный день, штиль, облачность с просветами, воздух — восемь градусов, вода — пять.

На пароме добрались до острова.

Прямо на пирсе нас встретил дед.

Он смотрел на меня, как на смертельного врага.

Я побоялся подходить близко, три шага не дошёл.

— Дед, — сказала Варя, — ты чего? Я же тебе звонила. Сказала, что заночую в городе.

— Да, — ответил старик. — Звонила. И я не дал тебе разрешения. Отойди пока в сторонку. Мы поговорим с твоим кавалером.

Но Варя не подчинилась, наоборот, встала рядом и взяла меня под руку.

— Не пойду! Если это меня касается!

— Ничего, — сказал я. — Это будет мужской разговор.

— Вот именно, — проскрежетал дед.

Под его тяжёлым взглядом Варя отошла в сторону.

Мимо шли островитяне, одна женщина в старом пальто вежливо поздоровалась со стариком, тот величественно кивнул.

— Как ваша фамилия? — спросил он меня.

— Старцев, — сказал я.

Старик удивился, в глазах блеснул интерес.

— Вы из тех Старцевых?

Очень мне хотелось соврать, гордо подтвердить — да, я из тех самых, прямой потомок, праправнук. Возможно, это мне помогло бы.

Но врать не стал.

— Нет, — ответил, как отвечал уже тысячу раз. — Просто Старцев. Однофамилец.

— Господин Старцев, — произнёс дед, ядовито выговорив слово «господин» — оно выскочило из его сухого рта, словно плевок. — Видите вот эту посудину?

И ткнул пальцем в пришвартованный паром.

— Вижу.

— Её капитан — мой друг. Сейчас я к нему схожу и попрошу больше вас на борт не брать.

Я подумал, что и как ответить, но промолчал.

Мимо прошёл ещё один сошедший с парома, отягощённый рюкзаком, кивнул старику, поздоровался.

— В прошлый раз, — сказал старик, — я выразился достаточно ясно. Просил вас к моей внучке не приближаться. Вы не послушались. Почему?

— Потому что она мне нравится, — ответил я твёрдо. — Варя.

Сказать такое этому древнему деду было нелегко.

Сразу вспомнился пошлый анекдот: «Папаша, я вашу дочку — того! Люблю!»

— Это видно, — сказал старик. — Вам нравятся красивые девочки, дорогие штаны и японские машины...

— А что в этом плохого?

— А что в этом хорошего? — грянул старик и задрожал. — Японские машины вы уважаете, а старших — не уважаете! Вас попросили исчезнуть с горизонта! А вы опять здесь! Повторно просить не буду! Меры приму! Вплоть до обращения в органы! Убедительно вам рекомендую больше к моей внучке не приближаться! Не звонить! Не приезжать! Ни на машине, ни пешком! Найти себе для развлечений другое место!

— Василий Филиппович, — сказал я примирительно (у меня хорошая память на имена). — Разрешите, я объясню...

— Не разрешаю! — загрохотал старик. — Ступайте! Про девчонку забудьте! Найдите другую! Иначе приму меры! Сурово накажу! Это всё! Вопросы есть?

Я стискивал зубы. Хотелось ответку дать.

Он не должен был так говорить.

Я был взрослый, самостоятельный и тоже кое-что повидал. Три года в школе юных моряков. Два года в университете, две курсовые работы по истории края. Год в армии, старший матрос запаса; водительские права двух категорий — могу водить и легковые, и грузовики. Три года в контейнерах. В этом месте в это время я, Витя Старцев, был не последний человек.

— Есть вопросы, — ответил. — Вы в каком звании?

Старик немного остыл, прямо на моих глазах; или, может, ему плохо стало — побледнел, дрожал всё сильнее.

— Капитан второго ранга.

— Товарищ капитан второго ранга. Я вас помню. Вы приходили к нам в университет. Вы рассказывали про закрытие базы в Камрани.

— Да, — ответил старик после паузы. — Может быть. Но это было давно. Вы мне зубы не заговаривайте. Что вы вообще можете знать про Камрань?.. Я прослужил там двадцать лет...

Каждое новое слово он произносил всё менее уверенно, всё менее чётко, и как бы уменьшался в размерах, сутулился.

Ему плохо, понял я, и оглянулся на Варю.

Она всё это время стояла в стороне, но смотрела внимательно и, конечно, слышала всё или почти всё, — она выглядела разозлённой и очень красивой.

— Дед, — сказала она, подойдя. — Пойдём домой.

Но старик отстранил её, погрозил мне.

— Отчаливайте, — хрипло пригрозил. — Отчаливайте! Ещё раз увижу — пожалеете!

Чтоб не создавать напряжения, я кивнул Варе — мол, всё понимаю — и зашагал к пирсу.

Оглянулся — Варя уводила деда прочь, тот шагал широко, вразвалку, как шагают все моряки со времён Магеллана и Баренца, но не особо твёрдо.

До отплытия оставалось десять минут.

Душа у меня была не на месте, я порывался то позвонить Варе, то написать — дотащила ли старикана до дома? — но ничего не сделал, не хотел мешать. Мало ли что там между ними. Не надо лезть. Варя — не дура, сама разберётся.

Когда зашёл на борт — оглянулся в сторону мостика, хотел увидеть капитана — вдруг он действительно получил от деда инструкции насчёт меня и сейчас выцеливает среди пассажиров, запоминает?

Но стёкла мостика отражали жёлтый свет утреннего солнца, и я ничего не рассмотрел.

Самое смешное, что по морским законам капитан любого судна, хоть бы и плоскодонного парома-плашкоута, мог своей властью изгнать любого взошедшего на борт пассажира.

В море капитан — царь и бог, он может зарегистрировать смерть или рождение, арестовать преступника или хулигана, заверить завещание.

Управляет ли он паромом, рыбацким сейнером, или круизным лайнером, или супертанкером, или подводным ракетоносцем — не имеет значения.

Поэтому весь путь от острова до материка я сидел в сарайчике, нелепо смонтированном на плашкоуте и громко называемом «салоном», отвернувшись от всех и накинув капюшон.

Думал: надо было разговорить злого старика. Сказать что-нибудь про Камрань, я ведь тоже знаю эту старую историю. Я писал по ней курсовую работу, собирал материал. Я там не был, но однажды побываю обязательно.

11
Как мы сдавали Камрань

Во Вьетнаме есть провинция Кханьхоа.

Берег Южно-Китайского моря. За горизонтом — Филиппины, Бруней, Малайзия. Две бухты — Камрань и Биньба, внешняя и внутренняя.

Идеальная гавань. Глубоководный порт, способный принимать корабли любого класса. Узкое горло, мыс, горы вокруг — природная крепость.

В XIX веке на Камрань претендовали французы, испанцы, англичане. Россия тоже вышла к Тихому океану и нуждалась в удобных гаванях.

В 1886 году сюда зашёл корвет «Витязь» под командованием капитана первого ранга, будущего знаменитого адмирала Макарова.

В 1905 году в Камрани пополняла запасы угля, воды и продовольствия эскадра адмирала Рожественского. И тронулась из Камрани прямиком к Цусиме, к своей гибели.

Вьетнам, Лаос и Камбоджа входили в состав Французского Индокитая. В 1930-х французы начали строить в Камрани военно-морскую базу, но их имперский век уже заканчивался. От французов остались руины казарм в колониальном стиле и женского монастыря.

Во время Второй мировой войны базой завладели японцы. Потом, в 1945-м, японцев разгромили американские и советские войска. База досталась американцам. Они думали, что приходят надолго, если не навсегда. Вьетнам был разделён на Юг и Север, Советский Союз помогал Северу.

В 1964-м началась война. Советские торговые суда во вьетнамских портах попадали под американские бомбы.

Камрань была крупной тыловой базой американских войск. Президент Джонсон лично приезжал сюда и говорил: звёздно-полосатый флаг в Камрани будет реять вечно.

Американцы построили порт и аэродром. Но весной 1975-го в город вошла Народная армия Северного Вьетнама.

Через несколько лет Советский Союз подписал с Вьетнамом соглашение о безвозмездном — вьетнамцы сами были заинтересованы в защите — использовании Камрани как пункта материально-технического обеспечения нашего военно-морского флота сроком на 25 лет.

В 1979-м в Камрань зашёл первый отряд советских кораблей.

Уходя с базы, американцы заминировали всё, что смогли. Советские сапёры обезвредили десятки тысяч мин. Находили неразорвавшиеся авиабомбы, артиллерийские снаряды.

Почти всю инфраструктуру создали с нуля. Отремонтировали пирс, взлётно-посадочную полосу; заасфальтировали дороги. Здания и сооружения каждый год строили десятками.

В Камрани не было пресной воды. Американцы возили её танкерами из Сингапура. Советские специалисты провели воду из соседнего озера, установили очистные системы. Но пить воду можно было только после кипячения.

Люди тяжело привыкали к жаркому тропическому климату, болели малярией, холерой, чумой, лихорадкой Денге. Ежегодно кто-то умирал от тропических болезней или укусов животных. Многие получали тепловые удары.

Первый командир базы, капитан первого ранга Чудовский, не смог адаптироваться к тропикам — заболел, был отправлен на родину и вскоре умер.

В Камрани базировалась 17-я оперативная эскадра Тихоокеанского флота. Такие же развернули и в других океанах — СССР готовился к глобальной ядерной войне.

17-я эскадра взяла под опеку Тихий и Индийский океаны — от Гавайев до Персидского залива.

Её называли «пистолетом, приставленным к виску Америки».

Вот как выглядел этот «пистолет»: бригада надводных кораблей, дивизия подводных лодок, дивизион судов обеспечения, дивизион ОВРа — кораблей охраны водного района, отряд борьбы с подводно-диверсионными силами, узел связи. Помимо кораблей — авиационный полк: противокорабельные ракетоносцы Ту-16, морские разведчики-целеуказатели Ту-95, противолодочники Ту-142, истребители МиГ-23, заправщики, постановщики помех, транспортники, вертолётный отряд. Наземные и береговые службы: арсеналы, батальон охраны, военно-строительный отряд, оркестр, комендатура, финансовая, вещевая, продовольственная службы, авторота, пожарная команда, склады ГСМ, электростанция, поликлиника, госпиталь, Военторг, полевое учреждение Центробанка, Дом интернациональной дружбы, кинотеатр, два спортивных городка, школа, хлебопекарня.

Площадь — 100 квадратных километров, личный состав — шесть тысяч человек.

Распахнута дверь,
Жаркий воздух в лицо,
Солнце держит в плену
В такую-то рань!
Злой волшебник теперь
Жарит нас, как яйцо,
А названье ему —
Полуостров Камрань...[1]

При развале Советского Союза Тихоокеанский флот пострадал сильнее всех других. Из его состава вывели авианесущие крейсеры «Минск» и «Новороссийск» — оба были проданы в Китай.

«Минск» поставлен на прикол в гавани Шэньчжэнь и превращён в развлекательный комплекс.

«Новороссийск» распилен на металлолом.

Тяжёлый атомный ракетный крейсер «Адмирал Лазарев» выведен из боевого состава флота и законсервирован.

---

[1] Стихи капитана первого ранга запаса Николая Литковца.

Численность личного состава базы Камрань сократили до минимума — от шести тысяч человек осталось шестьсот.

В 1991 году 17-я оперативная эскадра была ликвидирована.

Вьетнамское правительство стало требовать платы за размещение базы: 300 миллионов долларов в год.

17 октября 2001 года российское правительство объявило о ликвидации российских баз на Кубе и во Вьетнаме.

Известна история о том, как один из офицеров Камрани, узнав об этом, расстрелял портрет министра обороны.

Ликвидация базы в Камрани означала конец российского военного присутствия на обширных акваториях Тихого и Индийского океанов.

Теперь российские корабли не могли оперативно выдвинуться ни к Персидскому заливу, ни к побережью Африки.

Высвобождавшиеся причалы и склады базы постепенно передавались вьетнамцам.

600 человек — гарнизон Камрани — работали по 14 часов на 30-градусной жаре, подготавливая базу к передаче.

Правительству Вьетнама база была передана в идеальном состоянии: здания и сооружения, линии электропередач, кабеля, подземные коммуникации, причальный фронт, аэродром, склады.

База в Камрани просуществовала 23 года.

Она до сих пор считается крупнейшей удалённой военной базой СССР и России за рубежом.

В 2002 году на базе Камрань были официально спущены оба флага: российский государственный и андреевский, военно-морской.

Командир базы — капитан первого ранга Ерёмин — как полагается капитану тонущего корабля, покидал Камрань в числе последних.

Сейчас Камрань превращена в международный гражданский аэропорт.

О базе в Камрани написано мало. Боевой и служебный опыт советского и российского военного присутствия в тропиках — недостаточно изучен и не обобщён.

Про базу в Камрани вспоминают каждый раз, когда сомалийские пираты грабят российские суда и берут в заложники моряков. Из Камрани наши корабли могли прибыть к побережью Сомали за считаные сутки. В нынешних условиях выдвижение возможно только из Владивостока — путь длиннее на 4,5 тысячи километров.

Нужны ли России удалённые военные базы? Это вопрос геополитики, глобальной военной стратегии.

У Соединённых Штатов Америки — более 700 военных баз.

У Великобритании — 14 удалённых баз, включая Гибралтар, Индию и Фолклендские острова.

У России — 21 военный объект, все — в бывших республиках СССР, и всего одна удалённая база — Тартус, в Сирии; оттуда Россия может влиять на ситуацию в Средиземном море.

Базы во Вьетнаме (Камрань) и на Кубе (Лурдес) ликвидированы по экономическим соображениям.

Военные моряки Владивостока считают потерю Камрани трагедией, сопоставимой с потерей Порт-Артура.

Может быть, в отдалённом будущем, в новом мире, не будет войн. Не будет ни танков, ни бомбардировщиков, ни стратегических подводных ракетоносцев, ни миллиардных военных бюджетов.

Государства перестанут конфликтовать друг с другом.

Но когда наступит этот прекрасный новый мир — никто не знает.

Пока же планета живёт по старым правилам.

Народ, не желающий кормить свою армию, будет кормить чужую.

12

На полпути от материка позвонила Варя.

— Деду плохо, — сказала. — Давление высокое. Ты где?

— В море, — сказал я. — Скоро уже дойдём до Дуная. Я не смогу вернуться раньше, чем через четыре часа.

— Понятно, — сказала Варя.

Меня захлестнуло отчаяние.

— Беги к соседям, — сказал я. — Твоего деда весь остров знает. Соседи помогут.

— Хорошо, — сказала Варя, — я перезвоню.

От гнева и бессилия я едва не заорал.

Я болтался посреди залива на утюге, везущем меня в посёлок Дунай.

При всём желании обратно я мог вернуться на остров только спустя несколько часов, на том же утюге, — при условии, что меня пустят на борт.

А могут и не пустить.

Других вариантов не было.

Воображение рисовало ужасные картины: Варя делает деду искусственное дыхание, но безуспешно: дед умирает и коченеет. Варя воет от ужаса. Помочь некому, край земли.

В этом чёрном отчаянии, в пелене бессильного гнева, пришло решение.

До Путятина можно добраться не только пешком или на машине. Есть путь короче. По воде, на лодке.

И я даже знал, где взять лодку.

Алюминиевая, четыре метра, везёт четырёх человек и ещё груз; с почти новым движком «ямаха»: по ровной воде, «по зеркалу», ускоряется не сильно хуже, чем «тойота-целика».

Идеальна, когда выходишь вдвоём или втроём.

От движка запитана отдельная бортовая сеть, ходовые и рыболовные огни, и есть ещё зарядка для GPS.

Высокие борта: на спокойной воде останешься сухим.

Две банки: можно сесть втроём или даже вчетвером, разложить перекус, ноги вытянуть.

Отец не умел и не мог жить без моря, у него всегда была лодка, на моей памяти он ходил и на резиновой, и на стеклопластиковой, каждая новая лодка увеличивалась в размерах и мощности; эта, последняя, была лодкой мечты.

Она обошлась отцу в полторы тысячи долларов, и ещё примерно столько же стоил мотор.

И ещё три раза по столько же стоил лодочный гараж на берегу Уссурийского залива. В гараже, широченном и удобнейшем, лодка зимовала, а над ней к потолку была подвешена её стеклопластиковая предшественница, которую отец всё собирался продать, но никак не мог: духа не хватало. Да и покупатели особо не наседали. Настоящих рыбаков в Большом Камне было теперь не так много, и каждый уже имел свою лодку, ту или иную, большую или маленькую.

Когда паром причалил, у меня уже был план.

Минут за сорок я собирался доехать до Камня, забрать в родительской квартире ключи от лодочного гаража, добраться до него, выйти в море и по спокойной воде быстро вернуться на Путятин.

Это было легко сделать.

Я сел в машину, ровно три минуты грел движок, потом сорвался и погнал на трассу.

Машин было достаточно; мне пришлось грубить.

Но у меня была причина.

Девять часов утра: отец уже ушёл на стройку. Мать проснулась раньше его и накормила его завтраком. Кусок жареной колбасы или кусок хлеба с икрой и стакан чёрного чая. Потом мать ложится досыпать: на час-полтора.

Если я сейчас приеду — мне придётся её разбудить.

Тем временем движение всё плотнее, поток всё медленней. Граждане в потёртых японских седанах и универсалах катят в город, на работу. Кто победнее —

едет в маршрутках и автобусах. Кто в Фокино, кто в Большой Камень, кто в Находку, Артём или Владивосток. В каждом направлении — одна полоса.

Обгон фур — смертельный номер, но у меня большой опыт.

Мощный движок помогает. Мощный движок спасает жизнь. С мощным двигателем — успею в любую щель, выверну.

Зачем нужна мощная тачка? Вот для таких случаев, для экстренных вариантов, когда надо успеть — кровь из носу.

На спидометр не гляжу, еду на пониженной третьей, на высоких оборотах. На часы тоже не смотрю. Только на дорогу; но чувствую, что должен успеть.

Объезжать приходится не только соседей по полосе, но и ямы в асфальте.

Подвеска стонет, стойки гремят.

Стойки у меня новые, рычаги новые. Я мог бы идти здесь под 150, но сейчас тяну едва семьдесят, ежеминутно попадая в дыры и ямы, подрезая грузовики, моргая всеми шестью фарами: дайте проскочить, братаны, очень надо!

Вхожу в поворот, обгоняю в тихоходной веренице шестого и седьмого. Тут трепещет телефон.

«Входящий, — написано на экране, — Варя».

Хватаю.

— Ты где? — спрашивает она.

— Нигде, — отвечаю. — На дороге. Что у тебя?

— Сбегала к соседям, — отвечает Варя. — Соседи пошли в медпункт. Но тут нет скорой помощи.

— Конечно, нет, — сказал я. — Какая скорая помощь? Это остров. Милиция, скорая помощь, пожарные — только морем, на том же пароме.

— Соседи так же говорят.

— Жди, — отвечаю. — Я буду, как смогу.

Против меня выворачивает огромное, чёрное, — «круизёр», примерно как у моего шефа Серёги Маримана, только ещё черней и больше.

Двухсотые «круизёры» все одинаковые, но если

поставить их на большие колёса и обвешать фарами — кажутся монстрами асфальта.

Когда я поднимусь, когда начну зарабатывать по тысяче долларов в месяц и больше, когда куплю родителям хорошую квартиру — тогда я тоже буду гонять на таком же чёрном монстре.

Отшвырнул телефон, не договорив.

Если врежусь в чёрное чудовище — полжизни буду расплачиваться.

Выкрутил руль — чуть сильней, чем надо. Машину занесло.

Её тащит от обочины до обочины. Визжит резина.

Я вижу лицо водителя «крузака», я вижу его округлившиеся глаза. Сейчас гробанусь.

Ногой давлю на тормоз, рукой рулю, но эта сука живёт своей жизнью.

«Крузак» пролетел мимо.

За ним пыхтит автобус, везущий узбеков на стройку.

Автобус едва не бьёт меня в заднее левое крыло — к великому счастью, удара нет; я теряю управление и слетаю с трассы на левый склон.

Руль у меня спортивный, в нём нет подушки, но зато я пристёгнут ремнём, это меня спасает. Иначе бы разбил башку.

Удар оглушает; я теряю слух и вообще концентрацию.

Прихожу в себя спустя время. Вокруг стоят люди.
— Цел?
— Живой?
— Где болит?
У меня нигде не болит; выпрастываюсь.

Может, и болит, но не чувствую.

Машина лежит на склоне оврага — от неё ничего не осталось. Морда разбита, из шести фар шесть — лопнули, зад снесён, переднюю подвеску вырвало с мясом, лобовуха — в паутине трещин. Из пробитого бака вытекает бензин, смешиваясь с маслом и антифризом.

— Отходите! — кричат. — Отходите! Бак рванёт!

Все отшатываются. Меня хватают за плечи и отволакивают.

Но взрыва нет.

Мне в руки пихают мою сумку, в ней всё — и документы, и деньги, и телефон.

Увидев родной лапоть, тут же звоню Варе.

Язык и губы окаменели, не слушаются, а зубы, наоборот, стучат — я не говорю, а мычу.

Кое-как объясняю, что попал в аварию; позже ещё позвоню.

— Хорошо, — отвечает Варя. — Конечно. Я справлюсь.

Мне помогают подняться наверх, ближе к дороге. Здесь мои ноги слабеют, а разум проясняется, я сажусь на голую землю и прихожу в себя.

Большая часть сочувствующих, видя, что жертв нет, возвращается в свои машины и уезжает.

По моей вине на трассе возникла пробка, в обе стороны. Объезжая, люди смотрят с любопытством, но и с раздражением.

Я звоню Серёге Мариману, объясняю: слетел с трассы, нужен трактор и эвакуатор. Машину побил, сам цел.

Понемногу движение восстанавливается. Никто не погиб и не ранен, а что машина вылетела с дороги на склон — это часто бывает. Дорожной инспекции нет, — но она и не нужна.

Когда я понимаю, что никого не убил, не повредил чужой транспорт, частный или государственный, я окончательно расслабляюсь и даже немного плыву; мне становится всё равно, что будет дальше.

Приезжает тягач из Большого Камня, приезжает эвакуатор из города. Обе машины посланы Серёгой Мариманом.

Угрюмые люди, спускаясь по склону, разматывают стальной трос, цепляют мою машину и выволакивают её на обочину, с большими сложностями, в три приёма; машина моя, «целика», от их усилий кренится вправо и влево, обдирает борта о камни и кусты. Вид у неё жалкий; она мертва. Морда расшатана, ходовка вырвана, кузов искорёжен. Но мужикам с тягача похрен, они выволакивают машину и уезжают.

На меня они не смотрят.

Потом то, что осталось от машины, затягивают на эвакуатор. Я брожу вокруг в тоске и унынии. Сажусь в кабину эвакуатора, водитель о чём-то спрашивает, качает головой, сочувствует, я отвечаю невпопад, и мы долго, очень долго едем в город, — я не могу сразу сообразить, куда выгружать труп, и решаю оставить возле гостинки, под собственным окном. Лучше было бы, конечно, сразу двигать на какую-нибудь охраняемую стоянку, но в голове нет мыслей, а в кармане денег.

Доехали.

Мою «целику» стаскивают тросами с эвакуатора, поруганную и изломанную. Ей конец.

Осознание катастрофы не сразу приходит.

Так устроена человеческая психика.

Катастрофы — не в смысле автомобильной, а вообще. Как говорят на материке, «по жизни».

В серьёзных авариях я и раньше бывал, как минимум дважды: один раз въехал я, один раз въехали в меня.

И это, конечно, — большая проблема, когда разбиваешь машину.

Но нынче состояние моей торпеды описывалось не словом «разбитая», а словом «уничтоженная».

Серёга Мариман, надо отдать ему должное, примчался сразу.

Тягач и эвакуатор — он организовал. Ему было несложно это сделать: он знал весь город.

Он обошёл вокруг растерзанной тачки, внимательно осмотрел. Потом обошёл вокруг меня и осмотрел ещё внимательней.

— Головой ударился?

— Фигня, — сказал я. — Слегка.

— Иди в травмпункт, покажись врачам. Может быть сотрясение.

— Врач уже смотрел, — ответил я. — «Скорая» приезжала. Фонариком в глаза светили, как боксёру после нокаута... Предлагали на больничку, но я отказался...

Серёга вынул сигареты, мне протянул.

Я за всю жизнь выкурил, может, сигарет пять, — не люблю; но теперь взял, затянулся. Голова закружилась. Но сознание при этом как бы очистилось: новым, сфокусированным взглядом посмотрел я на то, что осталось от моей машины.

Из элементов кузова уцелела крышка багажника. Все остальное — капот, крылья, крыша, обе двери — восстановлению не подлежало.

Уцелели ещё два задних стекла.

Это я уже прикидывал, что можно продать.

Рванул капот, но его заклинило.

Ещё раз затянувшись ядовитым дымом, вытащил монтировку, грубо взломал замок, открыл.

Была надежда, что двигатель выжил: хороший двигатель, с громадным, как у всех японцев, ресурсом. Но по внешнему виду ничего нельзя было понять: масло вытекло и залило весь моторный отсек, и гадко воняло.

Серёга подошёл и выдернул сигарету из моих зубов.

— Аккуратней будь, — посоветовал он. — Полыхнёт. А движок вроде цел. Пятьсот долларов за него сразу дадут.

— Ещё колёса, — сказал я.

Колёса, как ни странно, были в порядке, все четыре.

Кованые диски, резина «бриджстоун».

Я всегда утверждал, что колёса — важнейшая часть любого автомобиля.

— Колёса — это да, — сказал Серёга. — Плюс навесуха.

— Дай ещё сигарету, — сказал я.

Серёга мало того что дал сигарету — ещё и прикурил её сам, вручил в мои трясущиеся пальцы уже зажжённую. Я удивился: в характере моего шефа проявились черты, ранее мне незнакомые.

— Эй, — сказал он, — ты плачешь, что ли?
— Нет, — ответил я. — Это от табака.

Серёга кивнул и вдруг ударил меня кулаком в плечо.

— Слышь, малёк, — сказал он. — Давай, соберись. Это всего лишь тачка. Кусок железа. Не жалей её. И себя тоже не жалей. Все бьются. Вот и ты побился.

Я кивнул и сглотнул комок в горле.

Серёга помолчал.

— В девяносто девятом, — сказал он, — я был в серьёзном замесе. Вышли в море рыбу ловить — и у нас умер дизель. Сейнер 81-го года, машина, соответственно, тоже, но дело было не в машине — в топливе. Говно было топливо. Эта сука заглохла и не заводилась. Потеряли ход. Начался шторм. Мы набрали воды. Из двух помп работала одна, и не справлялась. Отправили SOS, стали ждать. Был май, как сейчас. Вода — пять градусов. Пятнадцать минут в такой воде — и ты покойник. Мы выкинули весь улов, чтоб облегчиться. До берега триста миль. Шесть баллов, точно помню. Приготовились к смерти. Утонувшие мариманы все попадают в рай, но нас это не успокаивало. Мне было двадцать два года. Тоже заплакал, как ты сейчас. Страшно было — донельзя. Вытащили ручные помпы, встали все на откачку. Но ручными помпами много не накачаешь. Помпы все убитые, тридцатилетней давности, скрипят, еле тянут. Потом подошёл военный тральщик, нас спасать — а как спасать? Шесть баллов! Хер подойдёшь. Семафорят: «Готовы принять вас на борт». А кэп кричит — ни фига, качайте воду, поборемся за судно. До утра качали вручную. Утром до двух баллов успокоилось. Нас взяли на буксир и дотянули до берега. И сейнер уцелел, и вся команда. На берег сошли — там хозяин судна, с бумагами: подпишите, говорит, мужики, что претензий нет. Все подписали, и я тоже подписал. Смелости хватило ему под ноги плюнуть. А на следующий день — уволился. Была мысль выяснить, какая тварь нам дизель разбодяжила — но не стал. Там концов не найти. Такая вот история, малёк.

Серёга бросил сигарету в грязь и тщательно затоптал каблуком.

— Это я к тому, что проблемы на берегу — это не проблемы. Настоящие проблемы — в море. А здесь — всё детский сад. Машину разбил, головой ударился — ничего страшного. Переживёшь.

— Конечно, — сказал я.

— Не ты первый, не ты последний, — изрёк Серёга. — Завтра на работу не приходи. Успокойся, бухни. К врачу сходи, башку проверь. Если вечером будет тошнить — значит, сотрясение мозга. Не шути с этим. Понял?

— Понял, — ответил я. — Спасибо тебе за всё.

— Ага, — сказал Серёга. — Ещё раз повторяю: из-за куска ржавого железа переживать не надо.

— Не буду, — пообещал я, — не буду переживать.

Он уехал, — загрузил свои сто пузатых килограммов в такой же пузатый джип и плавно отчалил; когда проезжал мимо меня — кивнул, глядя через лобовое стекло, но в его руке уже светился экран телефона — уже он кому-то звонил, какие-то дела сращивал, со мной не связанные.

Наверное, подумал я, мне следует быть благодарным этому человеку.

Но вместо благодарности я чувствовал только отчаяние.

Походил вокруг машины, потом подумал — чего хожу, зачем? Расстаться не могу? Душой прикипел? Страдаю? Машину жалею? Или себя?

Двинул домой.

До двух ночи не спал. Нашарил в шкафу бутылку виски, хлебнул два раза, но почему-то не подействовало. Может, виски разбавленный оказался, как топливо на том сейнере. Или, скорее, я просто ничего не чувствовал сейчас. Как будто задубел.

В половине третьего ночи вернулся со смены Димас.

Долго ругал меня матом за то, что я не позвал его на выручку. Но не со зла бранился, а скорее от испуга. За меня.

Безо всякого базара в три часа ночи мы сели в его убитый «сузуки-свифт» и поехали в контейнеры.

Димас был равнодушен к автомобилям, сам никогда гайки не крутил, и когда что-то заработал в своём клубе — приобрёл себе дешёвую пузотёрку с мотором в один и две десятых литра и был страшно доволен, что машина его почти не жрёт бензин, а главное — её не жалко; он даже сигнализацию на неё не поставил, ключом открывал, что в среде продвинутых приморских пацанов считается признаком крайней дикости.

Теперь мы на его ушатанной трахоме доехали до контейнеров.

Здесь я отомкнул оба замка из флагманского контейнера — первого из трёх, где хранился самый дорогой товар, а также и моё собственное барахло, накопленное за годы; вытащил припасённый до времени прорезиненный тент: не думал, что пригодится, а вот пригодился.

Вернулись домой; по пути Димас молчал, яростно давил педали и ожесточённо крутил баранку растопыренной правой пятернёй.

Ездить он вообще не умел; такое бывает. Оба его бампера были пробиты во многих местах и обмотаны скотчем. Состояние кузова называлось «коцки по кругу», машины в целом — «заводится и едет». Ни разу не видел, чтобы Димас проверял уровень масла.

Я накрыл останки своей «целики» тентом, понизу стянул стальным тросиком и затянул винтом с гайкой.

От профессиональных злодеев эти тросики и винты не спасут. Захотят раздеть тачку — вскроют любые замки, перекусят любые тросики, за ночь разворуют, снимут всё ценное, колёса, магнитолу, блок реле — всё, что можно быстро стырить и ещё быстрей продать.

Колёса снимут сразу, в первую очередь.

Но пока машина накрыта тентом и затянута стальным тросом — есть надежда, что её раздербанят не сразу, не в первую ночь.

Димас во всём мне помогал, расправлял прорезиненную ткань на помятой крыше, подтягивал; участвовал, как мог.

Потом протянул ключ.

На ключе болтался брелок в виде краба.

— Бери, — сказал. — Тебе без машины никуда. Пользуйся.

— Спасибо, брат, — ответил я. — Обойдусь. Что-нибудь придумаю.

— А чего тут придумывать? — спросил Димас. — Новую надо брать.

— Возьму, — сказал я. — Конечно. Как только — так сразу.

Это была поговорка моего отца. «Как только — так сразу». Поговорка ироническая, почти презрительная.

В его, моего отца, мире ничего не происходило сразу: только постепенно.

В моём мире было не так; в моём мире работали другие законы.

Той ночью я ни о чём не думал: горевал и жалел себя.

Погибла моя машина. А с ней было связано много всякого.

Заезды в Находку и в Краскино, к китайской границе. Взрослая жизнь. Девчонки. Сто восемьдесят по пустой ночной трассе. Музыка. Панф. «Мумий Тролль». «Депеш Мод». Самоутверждение. Повышение самооценки. Шесть фар, сверкающих ночью.

Реактивное ускорение. Дрифт: это мы тоже умеем. Сладкое ощущение полноты жизни. Несколько конфликтов на трассе, несколько разборок и даже одна драка. С тех пор всегда возил с собой биту (они у нас продаются в автомобильных магазинах вместе с маслами-фильтрами), сапёрную лопатку и нож.

«Любимая моя, «тойота-целика-а-а...» — так Панф поёт. И дальше: «Нет жизни без тебя-а-а...»

Тачка была прожорливая, если постоянно давить тапку в пол — поедала до семнадцати литров на сто километров, и ещё надо было всё время доливать масло; не проследишь — спалишь движок. И ещё время от времени обязательно пробьёшь на яме колесо, избежать этого нельзя. Иногда угодишь в колдобину или незакрытую ливнёвку, иногда поймаешь гвоздь, объезжая пробку по обочине.

Отслужила верой и правдой, теперь скончалась.

Поймал себя на том, что отношусь к ней, как к живому существу.

Не знаю, где у «целики» прячется душа, но в её наличии я никогда не сомневался.

Нет, я не считал её просто куском железа.

Человек же — это не просто кусок мяса.

Утром проснулся: где я? Дома, в гостинке.

А что не так?

А всё не так: машины нет.

Как будто часть меня отрубили и ликвидировали.

В телефоне — три неотвеченных вызова от Вари. Перезваниваю немедленно.

Она отвечает сразу. Говорит, что дед в порядке. Давление подскочило, потом упало. Дед жив и в сознании; пожрал яичницу из трёх яиц.

— Из трёх яиц! — отвечаю я. — Это прекрасно. Это замечательно. А я машину разбил.

И коротко излагаю, как было дело.

— Совсем разбил? — уточняет Варя.

— Да, — говорю. — Восстановлению не подлежит.

— Ужасно, — говорит Варя. — Как я могут тебе помочь?

— Никак, — говорю. — В помощи не нуждаюсь. Сам разберусь. У нас это бывает. В аварию попасть — святое дело.

— У нас тоже, — отвечает Варя. — А ты где?

— Дома, — говорю. — В себя прихожу.

— Хочешь, — говорит она, — я приеду?

Это ключевой момент.

Кто к кому приедет? Кто кого поддержит? Малолетка из Петербурга или опытный лохматый уссурийский тигр? Кто здесь главный — потомственный приморец, знающий все ходы и выходы — или заезжий чужак?

— Нет, — отвечаю, — не надо. Побудь возле деда, мало ли что. Я сам до тебя доберусь. Может, не сегодня — но завтра по-любому.

Варя молчит, потом уточняет:

— Ты точно в порядке?

— Да.

— Ты очень быстро ездишь, — говорит Варя. — А дороги у вас плохие.

— Дороги как дороги, — говорю я. — А у вас лучше, что ли?

— Гораздо лучше.

— Поздравляю, — говорю я.

— Эй, — говорит Варя, — ты обиделся, что ли?

— Нет, — отвечаю я, слегка соврав. — Просто ты не видела плохих дорог. Плохая дорога — это когда пешком нельзя пройти.

Она молчит опять.

— Витя, — говорит. — Если я сказала что-то не то, извини. Я ваших дел не знаю. Не врубаюсь. Я приехала с другого конца страны. Могу ляпнуть что-то неприемлемое. Не обижайся.

— Забудь, — говорю я. — Всё нормально.

Заимствовать у лучшего друга его машину я, разумеется, не собирался; о таком нельзя и помыслить.

Димас, хоть и не был прирождённым драйвером, своей дребезжащей телегой пользовался ежедневно. Не пешком же ходить, по нашему прекраснейшему из всех городов, где из места в место — пять километров подъёмов и спусков. Ногами не набегаешься.

Теоретически Димас мог переторчать без машины день или два. Но это меня никак не спасало.

Я хотел быть с Варей, я хотел видеть её каждый день. Я в ней нуждался.

Я искал варианты — и нашёл их два.

Правильно сказал какой-то мудрец: из любого положения есть как минимум два выхода.

Первый вариант — срочно насобирать денег в долг, у Серёги, у Димаса, ещё в двух-трёх местах; нарастить тысяч триста — и взять какой-нибудь «дайхатсу-териос-кид», или «хонду-фит», или какую-нибудь «тойоту-ист», или вообще «ниссан-АД».

Супер-мега-эконом.

Временно. Пока не заработаю на новую хорошую машину.

Это можно было провернуть хоть завтра, в течение дня. К вечеру можно быть уже на колёсах.

Конечно, я — в свои годы — хотел бы ездить не на овощевозке и не на девчачьем «мопсике», а на мощной комфортабельной тачке, лучше с турбиной. В конце концов, мощный автомобиль безопасней. Мощный двигатель вытащит тебя из любого рискованного обгона.

Но я всегда готов спуститься на два уровня ниже и передвигаться на всяческих дешёвых букашках. На том же «фите».

А если нет и «фита» — могу и на своих двоих, и на велосипеде, и на скутере, и на мотоцикле.

Но бегать по товарищам, собирать в долг и срочно покупать какую-нибудь дешёвую колымагу я не спешил.

Зачем мне «хонда-фит»?

Зачем мне машина, которую я не буду любить?

Чтобы ездить на Путятин? К девушке Варе?

А кто для меня — Варя?

До Вари — сто пятьдесят километров вокруг залива, по сопкам и распадкам.

Если ехать хорошо, можно доехать за два часа.

Если плохо — за три часа.

Можно — на рейсовом автобусе с автовокзала Владивостока до вокзала в Большом Камне — два с половиной часа.

Но нашёлся, придумался вариант номер два. Радикальный и гениальный.

Отцовская лодка.

ЧАСТЬ ВТОРАЯ

1

У родителей бываю редко; может, раз в месяц. Что мне делать у родителей?

Я съехал, отделился. Я сепаратист.

Каждый раз, переступая через порог, удивляюсь: неужели я прожил двадцать три года в этих двух узких комнатах?

Кажется, это было очень давно и вообще не здесь, а где-то в другом, параллельном мире.

Пока был пацаном сопливым — обитал в большой комнате, а в маленькой у матери с отцом была спальня: интимная, их и только их территория. Потом, когда подрос, они отдали мне спальню. Там я оборудовал своё логово, плакаты развесил, компьютер поставил, колонки; там я вырос, стал самим собой.

Сейчас птенец выпорхнул из гнезда, но мать и отец не стали делать обратную перестановку: в маленькой компате мать оборудовала себе кабинет и сейчас вышла оттуда — очки на носу.

Обрадовалась. Рассмотрела быстро, но внимательно.

— Ты какой-то мрачный. Всё нормально?

— Да, — сказал я. — Вообще идеально. Машина сломалась, поэтому мрачный.

— Что-то серьёзное?

— Нет, мам. Чепуха. Починим.

— Иди руки помой, — велела мама. — Я тебя покормлю.

— Ладно, — сказал я.

А сам подумал: приведу сюда Варю, знакомить с родителями — что она скажет? Какое мнение составит?

И сам себе ответил: нормальное будет мнение. Нормальные родители, нормальная квартира. Запах странный, не сказать чтоб стариковский, но несовременный: рыбой пахнет и немного пыльными коврами. Остальное — на приличном уровне.

Когда появились деньги, они первым делом замутили капитальный ремонт, поставили новый холодильник, стиральную машину, а главное — купили телевизор в полстены, и ещё один, поменьше — на кухню.

Эти люди — наши матери и отцы — без телевизора жить не могут. Так уж устроено их сознание. Для них телевизор — окно в мир и вообще фетиш; чем больше экран, тем веселее. Когда я им говорю, что у меня нет телевизора, и я его уже года два не смотрел, и не нуждаюсь, есть же компьютер, в конце концов, — они не понимают. Как такое возможно — жить без телевизора?

Ну а ковры — этого я вообще никогда понять не смогу. Мы что, в Турции или в Иране где-нибудь? Откуда эта мода взялась? Мне бы в голову не пришло вешать на стену ковёр. И никому из моих ровесников не пришло бы.

Руки помыл, изучил рожу в зеркале: ну да, есть немного; может, и не мрачный, но явно тревожный, взъерошенный.

И взрослый, да.

Взрослый.

Из зеркала глядел на меня мужик: небритые щёки, взгляд твёрдый, обветренные скулы и ещё зимний загар на лбу и вокруг глаз. В наших краях зимой солнца больше, чем летом, — загореть на зимнем солнце легко, особенно если от ветра спрятаться. А летом как зарядит тайфун — какой там загар? Только ждать августа и сентября, когда у нас гарантированное патентованное лето, солнце, жара и тёплая вода.

Не знаю, куда уходит молодость. Но знаю, куда уходит детство.

Оно никуда не уходит, оно остаётся в родительском доме, оно не хочет тебя отпускать, оно вцепляется в тебя, оно умоляет — останься, мальчик, здесь тебе хорошо, здесь о тебе заботятся, здесь тебя защищают.

Но ты уходишь. Режешь по живому — и сваливаешь.

Теперь меня не надо защищать, теперь я сам. Теперь не папа с мамой — моя опора, теперь я — их опора. И это прекрасно.

Мать гремела посудой, разогревала на плите что-то; рыбу, конечно.

В девяностые, когда было худо, отец раз в неделю ходил на лодке ловить рыбу; в магазинах мы покупали только хлеб, чай и сахар. Отец даже одно время самогон гнал и всё поджигал спичкой на блюдце: горит — не горит?

В прихожей, по пути в кухню, я стремительно открыл ящик тумбочки — здесь отец хранил ключи от лодочного сарая.

Важно было изъять ключи бесшумно, чтоб мать не заметила.

Но в ящике ничего не нашёл и стал тогда обшаривать карманы висящих здесь же отцовских бушлатов и курток.

Прихожая, как во всех рыбацких домах, была сплошь заставлена сапогами, завешана непромокаемыми куртками, камуфляжем и резиновыми штанами-забродами.

Я обшарил все карманы всех отцовских курток. Ни один карман не был пуст, везде на дне лежали какие-то крошки, гайки, медные монетки, зажигалки. К счастью, ключи нашлись, я выудил их и спрятал; дело было сделано.

В кухне сел с уверенным видом.

— Я есть не буду. Чаю попью.

— Здрасьте, — сказала мама. — Я уже всё разогрела. Давай ешь, а потом и чай будет.

— Ладно, — сказал я. — Что у вас нового?

Мама метнула на стол тарелку с огромной жареной камбалой — жирной, истекающей соком, с хрустящей корочкой и икрой.

Камбалу надо есть свежую, мороженая — уже не то: становится суше, теряет вкус.

— Ничего нового, — ответила. — Работаем оба. Отец с утра до ночи. Я тоже. Гостиничный справочник перевожу. У нас сейчас на это дело большой спрос. Каждый день в город приезжает из Кореи полторы тысячи туристов. Шесть самолётов в день. Я уже два гостиничных справочника перевела.

— В вашем возрасте, — сказал я, — уже нельзя столько работать.

— В каком таком возрасте? — спросила мама с недоумением. — Твоему отцу пятьдесят, это период мужского расцвета. Твой отец сейчас даже пить перестал. На заводе — сухой закон для всех, от инженера до рабочего. Твой отец приходит счастливый, ест и сразу засыпает. Он там нужен, его ценят, у него большая зарплата. Так что ты, сын, зря считаешь нас старичками...

Камбалу люблю есть в два приёма: сначала спину, — где глаза. Жареная камбала — без головы, но спину видно по тёмному, буроватому цвету шкуры. В принципе, одной спиной уже можно насытиться. Но потом, когда сожрал спину и вроде удовлетворился — переворачиваешь рыбину и съедаешь её живот, со светлой шкуркой, состоящий из более мягкого и жирного мяса; остановиться невозможно, нижняя часть камбалы гораздо вкуснее верхней. А ещё в камбале есть такое место, где в углу скелета остаётся печёнка, — ничего лучше не знаю.

Потом ты отваливаешься.

В принципе, для поедания рыбы не нужно ничего, кроме соли.

Ни хлеба, ни овощей — только ты и рыбина. Рыбу можно вообще не готовить, это же не мясо, — присолить и есть минут через десять. У удэгейцев это называется талá, у сибиряков — «сагудай». Но в последние годы наши любимые соседи — китайцы, корейцы и японцы — приучили нас к соевому соусу, и вот уже лет двадцать, если не больше, приморские люди едят рыбу с соевым соусом. Да и вообще всё подряд. Обедать без соевого соуса — это как раньше сесть за стол без хлеба. Надо признать, он действительно добавляет вкуса.

Камбалу я ликвидировал в считаные минуты и сам не заметил.

Мамина еда как-то сама собой заходит.

А мама уже заваривала чай. Настоящая заварка, душистая — не эти одноразовые пакетики, от которых вкуса никакого, одна пыль.

Извлекла из холодильника банку с жёлтым густым содержимым, набрала ложку.

— На, проглоти. Мёд с женьшенем. Укрепляющее.
— Я и так крепкий, — сказал я. — Мама, что ты скажешь, если я женюсь?

Мама зависла на мгновение; машинально сама съела ложку таёжного снадобья.

— Ничего не скажу. Собрался жениться — женись. Но если хочешь знать моё мнение — это будет ошибка.

— Почему? — спросил я.

Мама молча сделала несколько жестов — собиралась с мыслями.

Слила воду из чайника и наполнила свежим кипятком.

Она всегда заваривала зелёный чай в два приёма, первую воду сливала.

— Не надо тебе сейчас жениться, — сказала она. — Это совершенно незачем. Хочешь жить с девушкой — живи, но ни в коем случае не надо узаконивать отношения, а самое главное — не надо рожать детей. Потому что вы сами — дети. Какой из тебя жених?

У тебя ни профессии, ни диплома, ни жилья своего нет. Что есть у твоей девушки — я не знаю; но думаю, что тоже ничего.

— Ладно, — сказал я. — Понятно. Короче, ты против.

— Да, — ответила мама. — Против.

— Ты не пугайся, — сказал я. — Ещё ничего не случилось. Я так спросил, на всякий случай. Девушка — вообще не местная, из Петербурга, в любой момент улетит обратно.

— Господи, — сказала мама. — Нам тут не хватало только девушки из Петербурга. А где она живёт? С тобой?

— Нет, конечно. У деда, на Путятине.

Мама удивилась:

— Девушка из Петербурга живёт на острове Путятина?

— Да, — сказал я.

— Там же три с половиной дома.

— Нет, — ответил я, — всё там нормально, на острове. Школа, больница, магазины. Ей нравится.

— Твоей девушке? Как её зовут?

— Варя, — сказал я. — Варвара.

Мама подумала.

— Варвара-краса, длинная коса, — сказала она. — Понятно. Жениться тебе не надо ни в коем случае. А так — конечно, это интересно... Девушка из Петербурга... Мы с отцом так и не свозили тебя туда.

— Сам съезжу, — сказал я.

Мама, перед тем как выпить первый глоток, поставила чашку с чаем перед собой, и когда чай изошёл горячим запахом, помахала ладонями перед лицом, подталкивая к себе, к своим ноздрям пахучий пар.

— В Петербурге не была, — призналась. — Не знаю, что там. Говорят, очень красиво. Но я так за всю жизнь и не доехала. В Москве была три раза, на конференциях переводчиков. Москва — громадная. Тебе надо посмотреть обязательно. И Ленинград тоже. Который Петербург. Отец там был, спроси у него.

И мы оба замолчали и какое-то время пили чай.

Сожранная рыбина улеглась. Сытый донельзя, вялый, расслабленный, почти сонный, я едва нашёл силы, чтобы выйти из-за стола.

— Мне пора, — объявил. — Спасибо, мам. Всё было круто. Скажи отцу, я ему позвоню.

— Ты никогда не звонишь отцу, — ответила мама. — И мне тоже не звонишь. Ты совсем забыл про родителей. А ты у нас один, между прочим.

— Прости, мам, — сказал я. — Исправлюсь. Видишь — я же приехал? Поговорил с тобой?

И сбежал.

Вышел из дома, повернул за угол, спустился к берегу.

Большой Камень — закрытая бухта, половину её побережья занимает судостроительный завод, но справа и слева от цехов лепятся к воде разномастные, деревянные и железные, иногда кривые, сдвинутые ветром и водой сооружения, в которых жители посёлка укрывают от непогоды и воров свои лодки.

Когда-то посреди этой бухты торчал гигантский камень, в честь которого назвали город. В 1960-х здесь строили судоремонтный завод «Звезда», камень взорвали — он мешал. Теперь на его месте — один из цехов.

Я отомкнул висячие замки.

На замках отец не экономил, чуть не каждый год покупал новые, самые громадные, какие мог отыскать; я смотрел на это с юмором. Сейчас у каждого уважающего себя вора есть болторез, легко перекусывающий дужки любых замков, даже самых на вид устрашающих. Если бы воры решили обчистить отцов лодочный сарай — они бы давно это сделали. Но брать в сарае было нечего, у нас уже давно никто не грабил лодочные сараи, ни в самом городе, ни в окрестностях. Да и с машинами как-то успокоились — раньше люди боялись держать автомобили под домом, а теперь всё заставлено, пройти негде.

Сарай существовал давно — ещё до моего рождения.

От ворот сарая до воды — десять шагов.

Сарай был центром вселенной моего отца.

Сначала он держал здесь надувную лодку — «резинку», с наборным алюминиевым дном и мотором в пять сил.

На этой лодке когда-то мы с ним исходили оба залива, все берега, все бухты, все острова, десять раз вдоль и поперёк.

Сейчас та наша первая лодка была сдута и свёрнута, алюминиевое дно покоилось отдельно, в брезентовом чехле, мотор — отдельно, сама лодка — отдельно.

Продать её, старую лодку, за ненадобностью, отец не захотел: сказал, что две, а тем более три лодки — лучше, чем одна, и что запас карман не тянет.

Почти всё место в сарае занимала новая, алюминиевая, четырёхметровая; на корме — тридцатисильная «ямаха», пластиковый красный бензобак, мощный фонарь на алюминиевой стойке, разъёмы для зарядки GPS-навигатора и телефона.

Хранить бензин в лодочном сарае, по-хорошему, нельзя, любая искра — и пожар, но в Большом Камне и вообще по берегам залива все рыбаки были научены опытом нищих девяностых и все при первой же возможности запасали бензин, солярку и масло целыми бочками.

У отца в сарае, в углу, стояли в ряд четыре полных канистры, каждая на 20 литров, накрытые пластиковой плёнкой.

Стратегический запас на случай ядерной войны.

Так шутят люди их поколения, наши родители, наши старики, рождённые в СССР, навсегда напуганные перестройкой и девяностыми годами, пожизненно травмированные.

Ближе к корме, в непромокаемом рундуке, отец хранил документы на саму лодку и отдельно — на мотор.

Лодка имела номер, нанесённый масляной краской на носу, и была приписана к порту Владивосток.

Она весила девяносто килограммов, и ещё полсотни весила «ямаха».

Я поправил трос лебёдки, взялся крутить ручку; от гаража к морю вёл стальной слип, лодка стояла на тележке и легко скатывалась к воде.

Впрочем, не так легко.

Все эти манипуляции принято проделывать вдвоём, если не втроём. В море обычно никто в одиночку не ходит. У всякого рыбака есть товарищ, корефан, единомышленник, лодки и моторы покупаются, как правило, на паях — на двоих, на троих. Мужики сколачиваются в самостийные бригады, одному в лодке тяжело, вдвоём и втроём — проще и веселей.

У моего отца в своё время было несколько единомышленников и компаньонов, я помню дядю Серёжу, и дядю Севу, и дядю Григория.

Сейчас память об этих альянсах почти стёрта: кто таков был дядя Сева? Или дядя Серёжа? Бог весть. Рыбацкие союзы недолговечны. Кто уехал, кто спился, кто умер, кому надоело.

Не без труда, но я спустил лодку на воду, привязав её канатом к торчащему прямо из берега железному столбику, чтобы не уплыла без меня, а тележку затянул обратно. Лодка, спущенная на воду, выглядела так серьёзно, так мощно, так сердито — ни дать ни взять торпедный катер перед боевым выходом.

Промокнув с ног до пояса, я закорячил на борт все четыре полных канистры бензина и ещё баклажку масла.

Отцов сарай приблизительно символизировал собой тридцать пять последних лет из его, отцовой жизни, с середины 80-х и по сегодняшний день.

Сарай был завален и завешан сетями, пластмассовыми поплавками и мотками лески, старыми книгами и журналами «Новый мир» и «Техника — молодёжи», засаленными и потёртыми чёрными бушлатами, древними, покрытыми пылью залежами прорезиненных плащей и сапог.

Больше часа ушло у меня на то, чтобы спустить

судно на воду, всё наладить и подключить, проверить топливо, проверить свет и вёсла, проверить воду.

Хватило ума вытащить из сарая два новеньких оранжевых спасжилета — затолкал под банку. Гараж закрыл.

Отцова лодка — новенькая алюминиевая посудина — выглядела борзо и добро, надёжно. Я залез на борт, произвёл необходимые манипуляции с резиновой грушей на бензопроводе и клапаном холодного пуска. Дёрнул пусковой шнур. «Ямаха» испустила сизый приторный дым и заревела. Из системы охлаждения ударила струя воды. Я ухватил румпель, крутанул ручку. Лодка пошла.

Впоследствии я предполагал позвонить отцу и признаться: так и так, папа, я дико извиняюсь, взял твою лодку без спроса, верну в целости в ближайшее время.

Папа, конечно, будет недоволен.

На самом деле эта новая дорогая лодка ему не нужна. Он купил её, но не успел распробовать. Исполнил мечту, но не насладился. Последние годы он много работает, у него просто нет времени на рыбалку. А может, даже не времени, а сил. Если бы у него в молодости был такой пароход...

Зато у меня силы есть, самодовольно подумал я и крутанул газ. По спокойной воде посудина пошла как по стеклу. Мы с отцом несколько раз прикидывали максимальную скорость, выходило примерно километров 50 в час. Так что я всё рассчитал.

От Камня до Путятина, строго на юг, вдоль берега, мимо бухты Андреева, до мыса Сысоева, где маяк, затем через пролив — от силы полтора часа.

Какой автомобиль? Какие шесть фар, одной достаточно! Зачем приморцу автомобиль, если лодка есть?

В море — ни пробок, ни ГИБДД, ни сплошных линий. Полная свобода. Есть, правда, ГИМС, есть ещё и гидрография Тихоокеанского флота. Всё-таки Фокино — закрытый город. Но я проскочу под всеми радарами.

Страшно довольный собой, слегка подстывший

на ветру, я подошёл к острову, проверил время — час с четвертью на всю дорогу. Правда, рука затекла и топлива сжёг немало. Эти моторы жрут бензин, как бык помои. Так отец говорит.

Помимо паромной пристани, в посёлке было ещё два пирса, один из них на северной окраине, как раз в ста метрах от нужного мне дома. Пирс, правда, давно не использовался по назначению и был полностью разрушен — в море выдавались только ржавые гнутые стальные балки. Но я справился. Закинул конец, подтянул нос, вылез.

Кроме меня, заброшенный пирс использовали и другие — в нескольких местах с ржавых углов свисали швартовые канаты.

Чтобы лодку не било прибоем о камни и железо, я поставил её на растяжку. Потом позвонил Варе:

— Выйди, — сказал, — пройдись до берега.

Хотел произвести впечатление, и мне это удалось.

— Твоя лодка? — спросила она.

— Почти. У отца взял.

— Красивая.

— Лучшая!

— И чего?

— Ничего, — сказал я. — Поехали кататься?

— Ой, — сказала Варя. — Прямо вот так — сядем и поплывём?

— Не поплывём, — поправил я с видом бывалого морехода, сплошь обросшего ракушками ниже ватерлинии. — Пойдём.

— Это страшно, наверное.

— Это страшно весело, — возразил я. — Если ты город с моря не видела — ты не видела ничего. Иди домой, переоденься. Тёплые штаны, два свитера, куртку и шапку. Хочешь, вместе сходим?

— Не надо, — ответила Варя. — Там дед сидит. С утра бутылку купил, стакан выпил, мемуары пишет. Курит прямо в доме. Раньше не курил никогда. Говорит, уже не важно, помру в любой день, надо срочно книгу заканчивать.

— Про что книга?
— Называется «Как сдавали Камрань».
— Понятно, — сказал я. — До сих пор успокоиться не может.
— По крайней мере, — сказала Варя, — ему есть чем заняться. А то бы сидел просто так и мне мозг выносил. Он же в точности как мать, только хуже. Всё время лекции читает. Жизни учит. Иногда мне кажется, что я вообще никуда не уезжала. Там учили, тут тоже учат, причём одними и теми же словами.
— Иди, — сказал я. — Собирайся. Если не передумала.
— Одно условие! — Варя подняла палец.
— Любое, — ответил я величественно.
— Дашь мне порулить.
И мы расхохотались оба, счастливые, и я обнял её и поцеловал, потом она меня — еле отлипли друг от друга.

2

Я крутил газ, разгоняя лодку до полного хода и выталкивая её «на глиссер», — хотелось произвести на пассажирку впечатление.

Я сам завязал на ней жилет, сам пристегнул к банке и даже сам поправил шапочку, и собственные тёмные очки предложил, объяснил, что солнце сильное, лучи отражаются от воды, за полчаса можно обгореть.

Дал подержаться за румпель, попробовать, похвалил: рука ничего, твёрдая. Достал телефон, сфотографировал её, краснощёкую, беспредельно довольную. Ещё сделали селфи вдвоём, но всё вышло в расфокусе.

Летели, как на крыльях, в золотом солнечном свечении, в солёных брызгах, пьяные от ветра.

Варя прокричала, что я похож на настоящего пирата, на Джека Воробья, только треуголки не хватает и глаза не подкрашены, и я ответил, что никогда не понимал, почему у средневекового пирата Джека Воробья подкрашены глаза. Сейчас так модно, ответила Варя, этот стиль называется «метросексуал».

— Значит, я не метросексуал! — ответил я. — Просто сексуал!

— Отлично! — похвалила Варя, прижимаясь ко мне. — Так и назовём новый стиль! «Просто-сексуал»!

— У нас и метро нет!

И опять хохотали.

В какой-то момент я решил, что ничего не надо мне больше, — пусть время замрёт сейчас, пусть мгновение остановится, пусть мы навечно останемся тут, на лазоревой водной глади, вдвоём.

Что бы я делал без моря?

Оно делало меня счастливым.

И отца моего.

И всех нас, тут живущих.

На берегу мы все — обыкновенные, просто мальчики и девочки, молодые люди и старики, с проблемами, страхами, тяжёлыми мыслями, заботами, долгами, но море даёт нам возможность быть самими собой: чистыми, свежими, сильными; настоящими.

Мы пересекли Уссурийский залив и приблизились к Владивостоку. Я показал ей маяк Басаргина, бухту Улисс, где стоят подлодки-дизелюхи, ракетные катера и ещё что-то стреляющее; рыбацкую бухту Диомид и торговый порт, растянувшийся под сопками Эгершельда.

Мы прошли под Русским мостом, я предложил Варе загадать желание, и она кивнула.

Я загадал тоже.

Желание не было связано с Варей, никак её не касалось.

Я пожелал, чтобы у меня всегда было то, что есть теперь, и ничего сверху.

Того, что есть, достаточно.

Отец и мать — здоровы и счастливы, сам — тоже не голодаю, штаны есть, крыша над головой; дальше разберёмся.

Мы покрутились возле острова Русского, зашли в бухту Новик по узкому каналу, пробитому ещё при царе для военного флота, потом прошли вдоль северо-восточного побережья: кампус универа в Аяксе, раковина океанариума в Парисе, а дальше пошли дикие мысы и бухточки, все до одной — прекрасные, зелёные, тихие. Дошли до мысов Вятлина и Тобизина, где такие скалы, что Айвазовский бы точно их захотел нарисовать. Над скалами, возбуждённо крича, кружились чайки, а прямо на камнях молча сидели и сушили растопыренные чёрные крылья бакланы — гроза морской рыбы.

Иногда из сплошной стены леса показывались дома — брошенные, пустые казармы; из серых скал проступали очертания различных военных сооружений — батарей, капониров, дотов.

Весь остров Русский когда-то представлял собой одну военно-морскую крепость. Вернее, даже только часть ещё более огромной крепости, раскинувшейся до самых северных пригородов Владивостока.

В начале 1930-х посреди острова построили Ворошиловскую батарею — циклопическое сооружение, сопоставимое по масштабам, может быть, с пирамидой Хеопса: две вращающиеся башни, снятые с линкора «Полтава», на каждой башне — по три 305-миллиметровых орудия. Под башнями — три подземных этажа для обслуги, механизмов и снарядов, вырубленные прямо в скале.

Снаряды, исторгнутые этими громадными орудиями, летели на 40 километров; батарея прикрывала все морские подходы к Владивостоку.

Дед Вари, этот старый неприятный человек, маленький, желчный, всегда нетрезвый — на самом деле был прав. Он писал военную летопись Владивостока, Приморья, Тихоокеанского флота, он добавлял новые свидетельства к уже опубликованным, он делал культурный слой этого города более плотным. Наверное, каждый третий житель Приморья имеет отношение к флоту — военному, рыболовецкому или торговому. А может, каждый второй. Кого ни возьми — или сам моряк, хотя бы в душе, или имеет их среди родственников и друзей.

Но я не повёл Варю смотреть пушки, стальные подземелья и промасленные механизмы — сегодня нам это было не нужно.

Сегодня нам было достаточно моря, ветра, солнца и друг друга.

К трём часам, в самое тёплое время дня, я на полном ходу вошёл в бухту Рында.

Здесь была деревянная пристань и маленькое кафе, единственное на всём берегу и знаменитое.

Часто знаменитым оказывается именно маленькое и единственное.

В это время здесь не было ни одного клиента, но заведение работало, едва мы сели за длинный деревянный стол — нам принесли обжигающий кофе в двух больших керамических кружках, и мы согрели ладони.

Варя долго дула в кружку, смешно округляя губы, и смотрела вдаль, на одинаковые пологие мысы, охраняющие вход в бухту, и ещё дальше — на хорошо видный противоположный берег Амурского залива. Он отливал бирюзой и был похож на огромного змея, всплывшего из водных бездн.

До него по прямой было миль десять, но он выглядел так, словно до него можно было дотронуться, просто протянув руку.

Эта бухта считалась одной из красивейших на всём острове Русском.

До недавнего времени добраться в Рынду, да и вообще на Русский, можно было только по воде; обычно сюда заходили на катерах богатые ребята, катали девчонок, сами развлекались или развлекали туристов за большие деньги. Бухта была укромным местом, здесь бывали только обладатели плавающих средств, ценители природы, которым не хотелось на переполненную народом Шамору, да ещё местные жители, в основном военные моряки.

Но однажды на острове построили огромный университет и провели с материка не менее огромный мост.

Владивосток прирастил к себе сто квадратных километров.

Любители природы, пикников и шашлыков тут же оседлали свои праворульные автомобили и устремились на берега, раньше считавшиеся заповедными или вовсе нехожеными.

Теперь год от года в уединённых бухтах прибавлялось мусора, и с этим ничего нельзя было поделать.

Мусор я ненавидел. И меня бесило, что мои собственные собратья-сограждане так легкомысленно и стремительно загаживают землю, на которой живут.

Спасало только то, что асфальта на Русском почти не было — только до университета и океанариума; дальше шли старинные, ещё военные грунтовки, и не всякий автомобилист рисковал сюда сунуться.

Рында, Воевода и другие близлежащие бухты ещё сохраняли своё сказочное очарование.

Мне тут всегда нравилось, и Варю я привёз сюда специально.

Варя сделала глоток, поперхнулась — горячо; слезы выступили на глазах. Она вытирала пальцем, а они текли и текли.

— Так красиво, — сказала она. — Я не знала, что бывает так красиво.

— А скоро будет не только красиво, — сказал я, — но и тепло. Даже жарко. Купаться пока нельзя, но в июне уже будет можно. Если тайфуны не помешают. А в конце лета у нас субтропики. Вода двадцать пять градусов — и солнце. Пляжи будут забиты. Со всего края люди приедут отдыхать. Хабаровчане, якуты, благовещенцы.

— Как в Крым, — сказала Варя, продолжая вытирать мокрые дорожки на ярко-розовых обветренных щеках. — Ты не был в Крыму?

— Я нигде не был. В Китае раза три был, в Суньке. А на Западе — нет. Вот только в том Крыму и был, что по дороге в Дунай. В смысле — в наш Дунай.

— А я была в Крыму, — сказала Варя. — С родителями, в детстве. И ещё в Индии, в Гоа. И в Таиланде. Там тоже очень красиво.

Я достал платок и протянул.

— Ничего себе, — сказала Варя, — у тебя и платок есть. Первый раз встречаю парня, у которого есть платок...

Я хотел что-то солидное ответить, но промолчал, потому что промолчать было ещё солиднее.

Варя скомкала платок, снова стала дуть в свою кружку.

— Каждый день эту Индию вспоминаю... Самый счастливый год. Цель была — поступить в мед. Прикинь, я прилетаю в Индию — и хожу на пляж с учебником химии. Вокруг все траву курят и йогой занимаются, а я формулы зубрю. Когда цель есть — жизнь становится простой. Кто ни спросит — чем занимаешься? — я такая: готовлюсь в институт поступать! И всё понятно. Зато потом, когда пролетела, не поступила — такой облом был... Три дня ревела, из дома не выходила...

Я молчал. Варя всё смотрела в чашку, как будто изучала там историю своей неудачи. Но в этом кофе гущи не было — не погадаешь.

От жалости меня стало слегка знобить, но я не знал, что делать, молчал и слушал.

К счастью, мои страдания прервали гости. В бухту зашли два водных мотоцикла, на каждом по двое; с рёвом и очень лихо компания ошвартовалась; двое мужиков и две молодые женщины, все затянуты в очень дорогие сухие гидрокостюмы, сверху — столь же дорогие тонкие спасжилеты.

Техника у них была, соответственно, первоклассная, на такой, пожалуй, и в шторм можно ходить.

Красивые, весёлые, эти четверо прошли мимо нас, уверенно поздоровались мимоходом — и заняли дальний стол. Они были заняты собой.

Некоторое время я смотрел на их мотоциклы.

— В следующий раз я привезу тебя сюда вот на такой технике.

— А у тебя такой есть? — спросила Варя.

— Нет, конечно. Но возьму у пацанов. И костюмы тоже найдём. Прокатимся.

— Ты меня всё время только катаешь, — сказала Варя. — Деньги на меня тратишь. И ещё машину из-за меня разбил.

— Ты тут ни при чём, — сказал я и понял, что лучшего момента не найти; набрал в грудь воздуха. — И вообще, я знаю, как решить все твои проблемы. У меня есть для тебя предложение.

— Ой, — сказала Варя. — Ты меня пугаешь.

— Предложение, — я прокашлялся, — в общем... Предложение вот какое. Переезжай ко мне. В город. Будем жить вместе. Я снимаю квартиру, ты в ней была. Димас съедет в пять минут. А у деда тебе не надо жить. Там даже вай-фая нет! Тебе по-любому надо переезжать в город. Сама увидишь, у нас не край света. У меня дома — скоростной вай-фай.

Варя засмеялась и перебила меня.

— Витя, — позвала она, — Витя! Ты предлагаешь мне жить с тобой, потому что у тебя есть вай-фай?

— Нет, — ответил я, смешавшись, — нет, конечно. Ты мне нравишься. Очень нравишься. Я всё время думаю о тебе. Как только ты появилась — у меня всё как-то само собой улучшилось в жизни... Как будто света больше стало... Я вот сейчас сижу, смотрю на тот берег и только теперь понимаю, какой он на самом деле красивый. А до этого я тут бывал раз десять. А сейчас — как будто впервые вижу...

Ей нравилось меня слушать, и она послушала бы, наверное, ещё — но я исчерпал заранее заготовленные фразы; дальше надо было экспромтом, а это труднее.

— Город ты видела. Большой город, куча всего. Хочешь — бары, хочешь — музеи, хочешь — кино три-дэ. Я познакомлю тебя со всеми своими друзьями, это очень прикольные люди. Скучно не будет, гарантирую.

Варя подумала и сказала:

143

— По-моему, ты торопишь события.

— Ничего не тороплю, — возразил я. — Не хочешь сближаться — давай не будем вместе спать! Поселимся, как друзья. Если хочешь, я вообще не буду лезть в твоё личное пространство. Но тебе всё равно надо съезжать от деда! Сколько ты там у него ещё выдержишь?

— А как я деду объясню? Он меня не отпустит.

— Скажи, что улетаешь домой.

— Не буду врать, — тут же ответила Варя. — Не хочу ему врать. К тому же он десять раз всё проверит, матери позвонит. Он же — военный. У него всё продумано.

— Тогда я отобью тебя, — сказал я. — Заберу силой. Возьми вещи, которые можно незаметно вынести, и выходи. А я потом за остальными вещами приеду. Пусть он на меня орёт, мне пофиг. Я в армии служил, я привык. Реально он нам ничего не сделает.

Варя слушала с интересом, но интерес был какой-то странный, печальный. Я забеспокоился.

— Вот! — вспомнил, снова набрал воздуха в грудь. — И ещё: мы вместе по скайпу поговорим с твоей мамой, и с отцом тоже! Они на меня посмотрят, я на все вопросы отвечу.

— И что ты им скажешь?

— Скажу, что я — приличный парень, отец — инженер, мать — переводчик, скажу, что в армии служил и что я бакалавр истории. Скажу, что они вырастили классную дочь...

Тут я опять иссяк.

Задумался, а надо ли рассказывать об армии.

Сначала нас привезли в учебку — в отряд подплава. Я там с ходу сбросил килограммов восемь: строевая подготовка, «упал-отжался», а кормили комковатой кашей и малосъедобной мелкой навагой непонятно какого года вылова. Я налегал на хлеб, который на гражданке почти не ел. Зато приобрёл, как говорил наш мичман Гусев, маршевую втянутость. Он вообще приколист был, этот Гусев. Говорил: «У военнослужащего могут быть только две уважительные причины для опоздания или невыполнения приказа: трупные пятна и выпадение матки. У вас какая?» От него же я узнал о методах воспитательной работы в Вооружённых силах: метод поощрения, метод личного примера, метод убеждения, метод принуждения. По-моему, метод принуждения — самый действенный. А все эти поощрения — снять на фоне знамени части и отправить карточку родным — на нас особо не действовали. Для нас лучшим поощрением было — выехать на стрельбы. Возили на морпеховский полигон, куда-то в район Горностая. Стреляли из «макаров» и «калашей» с удовольствием — пацаны же...

Варя вздохнула и вернула меня в настоящее.

— Во-первых, мне надо подумать, — сказала она. — А во-вторых, я скорее всего скажу «нет». Извини, пожалуйста.

— Ладно, — ответил я. — Как хочешь. А можно узнать почему?

— Не знаю, — ответила Варя. — Честно, мне нечего небе ответить. Может, я уже домой хочу. Может, я боюсь. Я тут, кроме тебя и дедушки, никого не знаю, вообще...

— Через неделю, — успел вставить я, — будешь знать полгорода!

— Я не об этом! Я, может, и в городе твоём не хочу жить... Он какой-то неудобный весь.

— Для чего неудобный?

— Для жизни неудобный. Машин множество. По вечерам темно. Тротуаров нет...

— Для какой жизни? — воскликнул я, игнорируя упрёк про машины (тоже мне упрёк, всё равно что упрекнуть человека в том, что он носит штаны).

Варя взрогнула и посмотрела с испугом.

— Для какой жизни? — повторил я, тише и спокойнее. И показал ей пальцем на выход из бухты, на далёкую, отливающую золотом спину морского дракона. — Вот жизнь! — И ещё показал пальцем на пирс, где покачивались два водных мотоцикла и рядом — моя лодка, алюминиевая зверюга.

— Вот жизнь!

То есть лодка была не моя, чужая, но и водные мотоциклы тоже могли не принадлежать приехавшим на них парням; и даже подруги этих парней могли им не принадлежать, а быть чужими жёнами; не важно, что, кто и кому принадлежит, важно, кто пользуется.

— Да, это круто, — сказала Варя. — Очень круто. Давай не будем спорить. Я ничего не решила. Я должна подумать. Просто дай мне подумать. Хорошо?

— Конечно, — сказал я. — Разумеется.

— Мне важно, чтобы ты меня понял. Я не хочу тут одна оставаться. Мне тебя будет мало. Мне нужно, чтобы были ещё какие-то родные люди. Я, конечно, не ребёнок, но я что-то побаиваюсь зависать в незнакомом городе с парнем, которого знаю одну неделю...

— Понятно, — сказал я. — Короче, ты хочешь к маме.

Варя не обиделась.

— Не то чтобы к маме, но мне важно, чтоб она была где-то рядом... Мне её не хватало всегда. Мне и отца не хватало. Они занимались только собственными проблемами. И я теперь поняла, когда сюда приехала, когда у деда в комнате на пружинной кровати поспала, — я поняла, насколько они для меня — важные люди... Правильно мать меня сюда отправила, на этот необитаемый остров без Интернета, чтобы до меня дошло...

— Рано или поздно, — сказал я, — ты от них оторвёшься. От папы, от мамы. Они важные, да, без них очень тяжело, но собственная жизнь важнее. Я вот — оторвался. Взял и съехал. Сепарировался. Хотя тоже — всё было хорошо. Своя комната, компьютер. Но я слился. И хорошо себя чувствую. Уверенно. Лучше, чем когда у родителей жил.

Варя снисходительно улыбнулась, как будто не я был старше, а она.

— Но ты всё равно у них бываешь, — возразила она. — Рыбу с отцом ловишь, сам рассказывал. На самом деле они у тебя тоже рядом, как и у меня. Родители. И деньги дают, наверное.

— Ничего подобного. Уже года четыре ни копейки не беру. И нормально справляюсь. Полная свобода, сам себе режиссёр.

— Понимаю, — сказала Варя. И повторила: — Я подумаю.

Мы замолчали. «Подумаю» — это такая вежливая форма отказа? Или она действительно хочет подумать?

Кофе остыл.

Мне вдруг захотелось курить, впервые в жизни; но это быстро прошло.

Компания водных мотоциклистов заказала какие-то закуски, но не заказала алкоголя — им, как и нам, для начала принесли кофе. По этому поступку я оценил в водных мотоциклистах опыт.

Выходя в море, лучше быть трезвым. Пить надо на берегу. А в море достаточно кофе и табака. Особенно если море — как теперь, на поверхности — шесть, на глубине метра — три градуса.

Водка согревает ненадолго; сначала расширяет сосуды, и тебе тепло; затем столь же резко сужает, и если в такой момент оказаться в холодной воде — может быть совсем беда, вплоть до остановки сердца.

— Всё равно хорошо, — сказал я. — Поговорили откровенно. Всё выяснили.

— Да ладно тебе, — сказала Варя. — Могли бы и раньше поговорить.

— Хочешь, поедем?

— Хочу.

— Куда? — спросил я.

— К тебе, — уверенно сказала Варя. — Куда ещё? После такого разговора — только к тебе.

— Согласен, — сказал я.

Через десять минут, обвязавшись жилетами, мы рванули от пристани, — и я, конечно, не удержался, заложил руль круче и открыл полный газ. Моя лодка на 30-сильном моторе набирала ход не хуже, чем водный мотоцикл.

Но потом, конечно, сбавил, потому что не было никакой необходимости идти на полном ходу, расходуя лишний бензин и швыркая днищем о гребни волн так, что позвоночник похрустывал.

Варя устроилась рядом, улыбалась.

— Не держись за меня, — крикнул я, — держись за леер.

— За ветер? — не поняла Варя.

— За леер! — повторил я и показал, где леер. — И покрепче. А лучше — ремнём пристегнись. За борт вылетишь, потом ищи тебя.

— Не вылечу, — ответила Варя, наклонившись к моему уху. — И мне приятно держаться за тебя!

Недолго думая, я насильно пристегнул её.

По пути обратно пошёл не вдоль берега, а прямо через залив — хотелось ощущения простора. Вскоре мне стало казаться, что нужно спешить.

Это была лёгкая тревога.

Шторм, наверное, идёт, подумал я. Надо будет посмотреть в Интернете сводку. Хотя нашим синоптикам верить нельзя, как нельзя ждать у моря погоды.

По мере удаления от берега и усиления ветра Варя забеспокоилась, не выдержала и снова прокричала в моё ухо:

— Мы точно домой едем?

Но я указал ей подбородком вперёд, где город уже разворачивался во всю свою длину, — маяки, мосты, ломаные спички портовых кранов, стоящие на рейде и ошвартованные у причальных стенок корабли, телевышка на сопке Орлиное Гнездо.

— Жаль, что музыки нет! — сказала Варя.

— Можно поставить, — ответил я, — только зачем? Обычную нельзя, её сразу водой зальёт, а специальная водонепроницаемая дорого стоит. С музыкой в машине хорошо. А в море — по-другому. Музыка волн, музыка ветра. Тут есть все дороги — и ни одной асфальтовой.

Я позвонил Димасу, и он сделал всё красиво.

Подъехал к причалу у Моргородка (там у него были знакомые), встретил нас прямо на пристани, помог ошвартоваться, тут же, на берегу, сунул мне фляжку виски (я отказался — и так всё было замечательно); усадил нас на заднее сиденье, сам двери захлопнул; мы врубили музло и рванули домой. Вернее, поползли.

Был вечер, город стоял в пробках, но нам это не мешало.

Варя прижалась ко мне — сильно продрогла, теперь понемногу оттаивала.

— После моря, — разглагольствовал Димас, — вам надо пожрать. Какой-нибудь суп горячий, а потом — гребешков больших, вот с такими пятаками, — он показал руками в воздухе нечто вроде среднего арбуза, — штуки по три. Давайте в кабак заедем, я тоже с вами, за компанию. Деньги есть, могу угостить.

— Не надо, — тут же ответила Варя. — Я не в том виде.

— Нормальный вид, — сказал Димас. — Сразу видно, люди из рейса! С корабля на бал!

— Не надо в кабак, — сказал я. — Давай сразу домой. Суп, если что, я сам сварю.

— Как хотите, — сказал Димас. — Я просто опытом делюсь. Хочу, как лучше.

Варя запустила руку мне под свитер.

— Вы, ребята, — сказала, — хорошо знаете, как лучше. Девчонок снимаете и к себе водите. Гребешки, лодка, виски японский, машина с музыкой. Всё налажено. Угадала?

— Нет! — тут же вскричал Димас. — Мы не такие! Мы серьёзные люди, и у нас всё серьёзно. И мы — за серьёзные чувства.

Произнося всё это, он яростно работал педалями

и перекладывал руль с борта на борт, протыриваясь вверх по улице. Его слабенькую дешёвую машинку с коцками по кузову и ржавчиной по порогам никто не уважал — кто прижмёт, кто посигналит оскорбительно, но Димас пребывал в отличном настроении и только веселился.

— Это серьёзный город. И мы тут все — серьёзные люди. Если кто сказал — значит так и будет.

Он повернулся через плечо и подмигнул Варе.

— Этот человек, — показал глазами на меня, — он как будто из тяжёлого свинца сделан. Каждое его слово в металле вылито. Если он сказал — он или сделает, или умрёт.

Я опустил глаза.

Это был наш с ним, с Димасом, старый ход: если я знакомился с девушкой Димаса — я рекламировал Димаса. Расписывал его исключительные достоинства. Если Димас знакомился с моей девушкой — он рекламировал меня.

Прекрасный приём, множество раз срабатывал.

Варя прижалась ближе, но я отодвинулся.

Стёкла запотели. Димас вытащил сигареты, предложил мне и Варе, мы оба отказались, а он закурил, открыл окна — снаружи, оказалось, была самая настоящая весна, сладкий тёплый ветер шёл с юга, справа и слева шумели изношенными моторами такие же, как и мы, изнывающие от нетерпения, приморские мужчины и женщины.

Димас ездил, с моей точки зрения, неумело, очень опасно, нервно и грубо, но при этом умудрялся всюду проскочить. Окружающие водилы, видя, что Димас едет плохо, уступали. Несколько раз я порывался предложить Димасу поменяться, самому сесть за руль, но мне удавалось придержать язык за зубами.

Он нас довёз — мы вышли и обнялись, Димас открыл багажник, вытащил пакет.

— Свежие, — сказал. — Пятнадцать штук самых крупных. Всё не сожри в одно жало, мне оставь.

В тяжёлом пакете лежали свежие гребешки, ещё

живые — накрепко захлопнувшие гофрированные створки, каждый размером с большую тарелку.

Мы с Варей поднялись на этаж, я открыл дверь, мы сорвали друг с друга куртки, сырые холодные свитера, штаны, нижние фуфайки, всё ледяное, продутое, выстуженное морем, — я помог ей, она помогла мне, разделись догола, прыгнули под одеяло и прижались, холодные, как лёд, и одновременно горячие.

Быстро отогрелись; инициатива принадлежала мне.

Потом отдыхали, я угостил её гребешками и сам поел.

Говорили обо всём на свете. О музыке, о кино, о родителях, о политике, о планах и мечтах.

Она хотела быть врачом и спасать людей от смерти.

Я хотел быть историком и спасать людей от забывчивости.

У неё не получилось, у меня тоже.

Она не поступила; я сбежал с третьего курса.

Люди продолжали умирать и забывать.

Мы были похожи.

Потом опять согревались друг другом, и опять проголодались, и заточили всё, что было в холодильнике. И ещё выпили по полстакана крепкого — и, наверное, зря. Варя загрустила, отвернулась к окну.

Рассказывала про родителей.

3

— На самом деле отец — нормальный.

Это всё мать устроила.

Она всегда была недовольна и всегда на отца давила. Она им управляла, она принимала все решения. Отец уступал.

Он, кстати, красивый. Я пошла в отца. Голубые глаза — от отца, и руки тоже его: вот, посмотри. Пальцы такие же.

А от матери я только вредность унаследовала.

Шучу.

Мать тоже красивая.

Мать его ревновала всегда, отца. Я видела. И, кстати, было за что.

Он переходил с работы на работу — туда, где больше платили. На «скорой помощи». Потом даже на какую-то войну съездил, чуть ли не в Сирию. Или тогда ещё не было войны в Сирии? Не помню. Я в этих войнах уже путаюсь.

У них не было счастья. Мать его любила, но полностью себе подчинила.

Они родили меня, единственную дочь, а потом отвернулись друг от друга.

Второй ребёнок, как я сейчас понимаю, даже не обсуждался.

Но были и хорошие моменты, какие-то счастливые проблески. Совместные походы в кино. Поездки: в Грецию, в Турцию.

Было ощущение спокойствия: вот мама, вот папа, а вот я, и всё у нас хорошо, и мы куда-то идём, взявшись за руки, и смеёмся.

То есть они, конечно, дураки, родители мои, — но они обеспечили мне нормальное детство. В этом отношении никаких претензий к ним быть не может.

Была семья, была ёлка на Новый год и подарки на день рождения.

Первый айфон — в восемь лет.

Ни в чём не ограничивали. Любое желание исполняли.

Отец покупал игрушки, куклы, потом компьютер, телефон, планшет, цветной принтер, потом — просто давал деньги, и до сих пор даёт.

Мать таскала в бассейн и на спортивную гимнастику, много критиковала и заставляла хорошо учиться.

Какое-то время жизнь казалась прекрасной.

Двенадцать лет, тринадцать, четырнадцать.

Розовые пони. Первые влюблённости. Очень много очень разной музыки.

И вдруг — всё заканчивается.

Ты, короче, вся в проблемах, готовишься к ЕГЭ, получаешь «двойки» по физкультуре. У тебя пубертат, мальчики и вот это всё.

И ты вся такая в гормонах, в каких-то облаках, и тупо смотришь сериалы Дэвида Линча и слушаешь «Линкин Парк» или что-то в этом роде.

А эти двое, которым уже по сорок лет, вместо того чтоб успокоиться, начинают проявлять ненормальную активность.

Они зовут тебя, они наливают тебе чай «Молочный улун», угощают пирожным «Мишка Барни» и объявляют, что намерены разойтись.

Это невозможно ни понять, ни переварить — ты просто оказываешься в глубоком шоке.

Куда разойтись, зачем, с какой целью?

И папа такой — чешет небритую челюсть, как будто ничего не случилось.

Разойтись, чтобы — что?

Всё меняется.

Эти двое реальных сумасшедших начинают реально расходиться.

Больше всего шума от мамы.

Мама много сделала для меня в своё время, помогла советами, когда мне было тринадцать и четырнадцать — я сильно с мамой сблизилась тогда.

Но потом она всё испортила.

Я пыталась поговорить с обоими. Хотела понять. Почему? В чём дело? Всё же было нормально. Семья, трое родных людей вместе. Отец ничего внятного не сказал. Типа, «отношения себя исчерпали». Так ответить — всё равно что никак не ответить. У других не «исчерпывают», а у них «исчерпали» почему-то. У моей подруги, у Илонки, родители в сорок лет второго ребёнка родили. И ничего, не поломались. На Илонку, старшую, забили вообще, занимались только малышом. Но Илонка была не в претензии.

Я это всё матери рассказала. И она, такая, мне отвечает: всё правильно, доча, жизнь не стоит на месте! Тебе, говорит она, сколько лет? Как будто сама не помнит! Шестнадцать, говорю я. Вот, говорит мать: через три года ты станешь здоровая взрослая девка и уедешь от нас с папой. Выпорхнешь из гнезда, замуж и всё такое. И мы с твоим папой останемся вдвоём. И что нам делать? Друг на друга смотреть? Мы ещё не старые.

Так родите второго, говорю я, раз не старые. Какие проблемы? Что вам мешает?

Нет, говорит мама, от твоего отца я больше детей не хочу. Твой отец безответственный. Когда ты была маленькая, тобой занималась только я. А отца никогда не было, он работал.

Конечно, мама, говорю я, он работал, ты же, блин, сама его всё время пилила, типа «денег мало» и мы «ничего не можем себе позволить»! А на самом деле всё у нас было. Я единственная девочка в классе, кому отец на выпускной подарил бриллиантовые серёжки. Я в этих серёжках весь выпускной ходила, как звезда, как, блин, Ким Кардашьян, потом испугалась, что потеряю, и сняла.

Ты, мама, сказала я, просто сливаешь папу. И меня заодно.

Ты, сказала я, во всём виновата.

Думала, она меня ударит. Но она только плечами пожала. Потом поймёшь, говорит.

А я не хотела потом, я хотела сейчас.

А самое главное и самое страшное — что этот развод, расход, развал семьи, всё это они провернули абсолютно хладнокровно. Это невозможно было видеть. Столько лет прожили, как говорится, в любви и согласии — и вдруг — раз, и всё. Любовь кончилась, осталось одно согласие.

Лучше бы было наоборот.

Не знаю. Иногда мне кажется — лучше бы они ругались каждый день, но жили бы вместе. Потому что когда ругань эта закончилась, а началось просто равнодушие и деловой подход — мне стало ещё хуже. Оба превратились в каких-то полумёртвых зомбаков. Иногда хотелось подойти и спросить: папа, мама, это вы? Вас не подменили? Поговорите со мной, пожалуйста!

Вот это было самое страшное. Я думала, что я — часть семьи, неотъемлемый её элемент, единственная дочь собственных родителей; я думала, что со мной считаются. А на самом деле семья перестала существовать, и я как часть семьи перестала существовать тоже.

Я умерла. Не вся, но важная часть меня.

И я, причём, вообще никак не могла ни на что повлиять. Меня предали, разменяли. Меня не взяли в расчёт.

И что мне было делать? Простить их?

Я отца страшно люблю, он был мне друг. Он несколько раз приезжал и вывозил меня, пьяную, из каких-то сквотов. И даже с кем-то один раз подрался. И, кстати, победил. Он у меня сильный, за здоровьем следит, врач всё-таки, не курит, на турнике подтягивается.

Говорю, они в свои сорок лет оба были в порядке, и мама и папа. Оба крепкие. Оба мега-супер-секси. Можешь не сомневаться.

Теперь я понимаю: в этом и было всё дело.

Кто из них первый завёл интерес на стороне — не знаю и знать, если честно, не хочу, но предполагаю, что мама.

Она у меня красавица и плюс к этому — страшно сильная. Как это было сказано у Пушкина — «коня на скаку остановит».

Ладно, не у Пушкина, у другого поэта, я их всех помнить не обязана.

А может, и папа первым начал. Или они оба одновременно. Не важно.

Красивым людям всегда трудно.

Они никогда не живут в пустоте, к ним все тянутся, с ними хотят дружить, общаться, сидеть в баре или на кухне, пить вино, хохотать. Красивый человек живёт так, словно он что-то должен другим, менее красивым. При этом физическая красота не обеспечивает никаких преференций. Красивые женщины точно так же бывают несчастны в любви, как и некрасивые. Красота ничего не значит и ничего не гарантирует. В России красивых женщин — миллионы. Я вот красивая — и чего? Где мои выгоды? Никаких выгод. Реально — такая же, как все. Да и не ищу я выгод для себя. Конечно, молодые люди постоянно подкатывают, но толку от их подкатов — никакого: анекдот расскажет, цветы подарит, в ресторан сводит, а потом начинает говорить пошлости и предлагает поехать к нему. И в машине у него пахнет шлюхами. Очень это всё скучно и даже, если честно, противно. Типа, я — красивая девушка, он — богатый парень, у него машина и комната на канале Грибоедова, с балконом, и мы, значит, обязаны совокупиться, потому что совокупление красоты и богатства — это, типа, общее правило, работает всегда и везде, во всём мире. Но если такое правило и есть, оно точно не для меня.

Я вообще против всяких правил.

Правила придумали старики, чтобы манипулировать молодыми.

Короче говоря, красота — это очень сомнительный капитал, сама по себе — ничего не стоит, к красоте ещё должны прилагаться мозги и характер.

Если характера нет, ничего не поможет, будь ты хоть трижды раскрасавица.

Характером я пошла в мать.

Отец не такой, он добрый и мягкий человек, от этого все его проблемы.

Помню, один раз, мне уже было шестнадцать, он пришёл — пьяный, поздно ночью, часа в два, я залипала в Интернете, а мать не спала, отца ждала — и вот отец заявляется, и от него, как только он входит, по всей квартире сразу разносится лютый запах водки и ещё более ужасный запах каких-то плохих женских духов, — короче говоря, по одному запаху, который исходил от папы, уже было всё ясно на триста процентов. Вдобавок он ещё выглядел так же.

И мать вышла из комнаты, и стала его бить. Сначала била руками. Папа стоял, ничего не делал и ничего не говорил. А она его била. Потом пошла на балкон, вынесла тряпку и стала бить его уже не рукой, а тряпкой. А папа стоял как памятник, даже не пытался защититься.

Я выбежала, встряла, схватилась за тряпку, заорала: мама, хватит, успокойтесь, и вот это всё, что обычно делают нормальные дети, когда их родители теряют берега.

Но она тогда заехала тряпкой и мне тоже. И сказала, что вы заодно, одинаковые. Радуйся, сказала она пьяному побитому отцу, радуйся, твоя дочь полностью за тебя, на твоей стороне.

На следующий день с утра я слилась из дома, с намерением больше никогда не возвращаться.

Одну ночь переночевала у Илонки, потом ещё две ночи тоже у Илонки, только не в квартире, а на даче.

Потом познакомилась с Сеппо.

Он был хороший парень, этот Сеппо, и, кстати, сильно напоминал отца — такой же уверенный, добрый, благожелательный. Настоящий северный тип, викинг. Чистокровный финн. Сеппо. Примерно твой ровесник. Двадцать семь, что ли. Но ты, конечно, гораздо серьёзней. Ты реально сражаешься за жизнь, а Сеппо был такой весь европейский, расслабленный. В Петербург приехал специально в отпуск, отдыхать и развлекаться, на четыре недели, и снял номер в мини-отеле на Мойке. У Сеппо было с собой две тысячи евро, и он рассчитал, что может тратить в Петербурге на развлечения, еду и выпивку ежедневно 72 евро.

Куда бы ни пошёл Сеппо, в магазин, в бар, в ресторан, в Эрмитаж, на футбол, в пивную, в Петропавловскую крепость — к концу дня он укладывался в рассчитанную сумму.

72 евро — это пять тысяч рублей, для Петербурга не такие большие деньги; но и не маленькие.

Часть этих денег я ему сэкономила, показала места, вписки, реальные кабаки, едальни, клубы, рюмочные, крутые сквоты.

Нет, Сеппо был классный парень, мы до сих пор иногда переписываемся.

Ни одного плохого слова я про него не могу сказать.

Но трезвым я его не видела.

Он просыпался в десять утра, а в одиннадцать уже сидел со стаканом водки. Количество выпитого на него не влияло. Он был одинаково весёлый и после трёх доз, и после десяти.

За день он выпивал минимум литр водки, а может, и полтора. Я не считала, но краем глаза фиксировала. От трёх шотов он быстро и сильно пьянел, но потом сразу же трезвел, и ему хотелось догнаться.

При этом он ещё не забывал три раза в день плотно поесть.

Он не был скучным дураком, Сеппо. Иначе я бы не имела с ним никакого дела. Он учился на антрополога — это в Европе такое общее название для всех гуманитарных наук, от истории до философии. Сеппо говорил по-английски и немного хуже по-немецки. Он смотрел американские и английские сериалы на их родном, английском языке и понимал всё до мелочей. Сеппо был обыкновенный финский парень, пьяница и балбес, но он при этом был полностью подключён к западной культуре, он её понимал, он в ней хорошо ориентировался.

Не стыжусь признаться — Сеппо был важный для меня человек. Но я выдержала только три недели.

Каждый вечер он напивался в лоскуты и по ночам храпел. А самое страшное — он по пять раз в день делал со мной селфи, вывешивал в инстаграме, с подписями типа «бьютифул янг рашен гёрл фром Сейнт-Питерсбург», потом предъявлял мне комментарии своих финских корешей: «вау!», «кул», или «нин сита пита», что по-фински значит «молодец». В общем, мне надоело, и я сбежала. Точнее, вернулась к родителям.

В бывшую семью, так сказать.

Вернулась, а в квартире — одна мама: папа уже съехал и вещи вывез. В прихожей — шкаф полупустой, папа забрал свои куртки и пальто.

И получилось, что весь мой побег, то, что я месяц дома не появлялась, — это на самом деле было им на руку.

Я думала, они поймут, что я их ненавижу, — а они ничего не поняли.

И я ещё ошибку сделала большую: сказала Сеппо свой адрес. Чтоб он приехал и мы объяснились. Он приехал, я ему всё сказала; он расстроился ужасно. И потом четыре дня подряд приходил по вечерам и возле дома караулил, меня ждал. Я его видела из окна. Сядет на лавку и сидит до ночи. Телефон достанет, наушники воткнёт — и ждёт. И сообщения ещё засылает: «ю ар со бьютифул», «ай нид ю», вот это всё. Я уже хотела в полицию пожаловаться. Но потом он пропал. Две тыщи евро истратил — и уехал. Но про меня не забыл, писал потом, фотки присылал. Могу показать. Но если не хочешь — не буду.

И я, короче говоря, оказалась в тупике. В яме. В академию не поступила. Все подруги поступили, Илонка — в Смольный, Светка — в театральный, я одна пролетела мимо кассы, как реальная овца. Три дня, говорю, сидела и ревела, вся в соплях. Папе позвонила, он приехал утешать. Встреча в «Кофе-Хаусе». Приехал; я смотрю на него — а он такой довольный, глаза блестят, новый пиджак, шутки шутит — называется, человек ушёл из семьи.

И я короче, послала его, папу своего родного. Практически матом.

И в тот же вечер мать говорит: съезди куда-нибудь. К деду, например, во Владивосток. Ты же там не была никогда и дедушку практически не помнишь. А он тебя помнит, любит, приглашает всё время. Съезди, доча, говорит мама, тебе будет полезно, а мне — спокойно, потому что дедушка — военный моряк и у него не забалуешь. Съезди, погляди, как мир устроен. Прямой перелёт, восемь часов — и ты на месте.

А что после восьмичасового перелёта надо три часа трюхать на такси, и потом на пароме, и ещё пешком через грязь — этого мама не сказала. Может, специально.

Она-то эти грязи знала, она в них выросла. Она грязи не боялась. Как танк.

Вообще, мама хорошо придумала. За какие-то вещи я её презираю, объективно, но за другие вещи — уважаю. В этот раз она всё правильно сообразила. Мне тут полегчало сразу. Тут всё другое, жизнь другая, люди другие. Такие же, но другие. Очень похожи на наших. Культуры, может, поменьше здесь. У нас там сплошные музеи и памятники архитектуры, Пушкин, Гоголь, Достоевский, Бродский, Довлатов. Когда приедешь, сам увидишь.

Ты ведь приедешь ко мне?

Ты должен приехать. Обязательно. Поверь мне. Ты должен увидеть Петербург и Москву. В Москве живёт 15 миллионов. В Петербурге — 6 миллионов. Это — дивный новый мир, и тебе нужно там побывать, иначе ты ничего не поймёшь. И меня не поймёшь. А я бы хотела, чтобы ты меня понимал.

4

Утром сели завтракать, Варя сделала горячие бутерброды, сама разыскала всё нужное, сама разобралась с плитой и сковородкой.

Оказалось, вчера мы уничтожили не всё содержимое холодильника.

Готовить Варя умела, и это ей шло, бутерброды получились отличными, со странным вкусом, — настоящая инопланетная пища, приготовленная руками инопланетянки.

Она смотрела, как я жую, и слушала мой рассказ про то, что бухту Золотой Рог китайцы называют «залив трепанга», и что трепанг у китайцев — деликатес, и что я её обязательно угощу трепангом, — короче, нёс какую-то чепуху, а она смотрела и рассеянно улыбалась, отводя иногда глаза.

Это было приятно, вот так сидеть утром, после наполовину бессонной ночи, вдвоём — мужчина и женщина — и утолять голод; сидеть по-взрослому, как сидели наши матери и отцы, а до них ещё миллиарды других таких же.

Она дождалась, пока я прожую последний кусок, а потом объявила, что уезжает.

— Я должна была сказать раньше. Папа вчера звонил. Сказал, что я пойду в академию на платной основе... Я успеваю подать документы... Дорого, но папа сказал, что потянет... Это уже сейчас надо всё делать, документы собирать... И ещё — он отдаёт мне свою квартиру...

Я дожевал, кивнул.

— Хороший у тебя папа.

— Ну, — хладнокровно ответила Варя, — он никогда не был особо щедрым. Это мать на него надавила, сто пудов...

— А вчера нельзя было сказать? — спросил я. — И не гнать пургу? Насчёт тёмного страшного города, в котором тебе одиноко?

— Я не врала, — ответила Варя. — Я не хочу тебе врать. Я бы хотела, чтобы между нами всё всегда было честно.

— Уже не важно, — сказал я. — Какая разница, если ты уезжаешь?

— Витя, — с отчаянием сказала Варя, — хочешь — вместе поедем? У меня есть деньги, нам хватит на два билета и ещё останется!

— Стоп, — сказал я. — Ты о чём?

— О нас! — заявила Варя. — Ты предлагал мне жить вместе — вот! Будем жить вместе! Только не здесь. Ты же в Петербурге не был, ты ничего не видел! Тебе просто надо приехать и посмотреть! Там куча возможностей! Найдёшь себе нормальную работу, учиться пойдёшь...

— У меня нормальная работа.

— Какая? — спросила Варя с тоской. — Продавцом на авторынке?

— Да, — ответил я. — Именно. Других вариантов

нет. Искал — не нашёл. Официантом ещё звали, но я подумал и понял, что это не моё. Таксовать — тоже.

— Если здесь не нашёл — значит, надо в другом месте поискать!

— Я не хочу в другом месте. Мне тут нравится. Ну а потом, резина — это не навсегда. Замутим с парнями ещё что-нибудь. Когда поднимусь, решу все свои проблемы — тогда, может, и науку вспомню. Понимаешь, никто не знает, что происходило в Приморье в Средние века, — ни русские, ни китайцы. Даже Арсеньев не разобрался. А я разберусь. Так что в другом месте я не хочу искать, здесь — моё место.

Варя посмотрела с осуждением.

— Тебе нравится мотаться ко мне за сто пятьдесят километров? И ещё на пароме, который ходит два раза в день?

— Во-первых, не два раза, а четыре. Во-вторых — я к тебе и за триста километров поеду. И за тысячу. В-третьих, в твоём Петербурге концы такие же. Я посмотрел в Интернете — город огромный, не меньше нашего. У нас паромы не ходят, а у вас мосты разводят. Не успеешь — тоже надо до утра ждать...

Про разводные мосты я вычитал действительно в Интернете и несколько видео посмотрел; но, в общем, мало что понял.

Разводные мосты выглядели архаично. Морально устаревшие сооружения. Как старинные городские ворота.

Чтобы прошёл какой-нибудь парусник — надо поднять по тревоге половину города. Неэффективно, невыгодно. Но красиво.

— Это нельзя сравнивать! — с жаром возразила Варя.

— Почему? Там город, тут тоже город — почему нельзя сравнивать?

Тут нас прервали; явился Димас — постучался в дверь.

Мы с Варей спохватились, вспомнили про трусы и майки.

Димас выглядел угрюмым, виноватым и замёрзшим.

Я его не ждал и имел полное право послать подальше в столь раннюю рань, но не смог: выяснилось, что девушка, у которой Димас ночевал, выставила его в шесть утра, убежав на работу в порт.

Чтобы не беспокоить нас с Варей, Димас добрёл до ближайшей закусочной, дождался, пока она откроется, и там торчал всё утро за стаканчиком кофе; наконец, ему надоело ждать и кофе тоже надоел, и мой друг решил, что десять утра — вполне приличное время, чтобы нарушить покой двоих влюблённых.

Варя не смутилась, наоборот, появление третьего лишнего её обрадовало, она поправила волосы и поздоровалась, дружелюбно помахав ладошкой.

— А вы что, — спросил Димас, изучая нас обоих, — уже ругаетесь?

— Нет, — сказал я, — с чего ты взял?

— За дверью было слышно. Вы не ругайтесь, — посоветовал Димас, — сейчас немодно ругаться. Сейчас время такое, что надо договариваться.

— Вот, — сказала Варя и оглянулась на меня, — послушай своего умного друга. Надо договариваться.

— О чём? — спросил я. — Уже всё решили.

— Я зову его с собой, — объяснила Варя для Димаса.

— Ага, — сказал Димас, — а он — не хочет?

— Нет. Говорит, ему тут хорошо.

— Ну, — сказал Димас, — ему тут реально хорошо. И мне тоже. Иначе б мы тут не жили, с видом на Амурский залив. А ты его — навсегда зовёшь или так, посмотреть?

— Сначала посмотреть. Понравится — останется.

Димас подумал и сказал:

— Посмотреть — я бы съездил.

Я начал злиться.

Я начал злиться давно, ещё когда Варя стала улыбаться Димасу. Но сейчас уже с трудом сдерживался.

— Эй, — сказал. — А ничего, что я тут рядом сижу?

— Ничего, — благосклонно ответил Димас. — Мы же не о тебе говорим. А о Петербурге. Понимаешь, Варя, — он повернулся ко мне спиной, — нам бывать в Москве и Питере незачем, потому что никаких дел у нас там нет, а просто так ездить, типа туристами, некогда и дорого. В Москву билет стоит 15 тысяч в один конец, и лететь почти девять часов. А, например, в Сеул мы летаем за два часа и за восемь тысяч рублей, и виза не нужна. Я вот в прошлом году в Корее был, могу фотки показать. Теперь хочу в Японию, но там дорого... Проще в Пекин.

Я перестал злиться.

А Димас продолжал, глядя на Варю и вертя в воздухе рукой, как будто взбалтывая коктейль, — чёртов бармен.

— Ты не думай, что мы тут, типа, такие дикари, ходим в шкурах из тигров, в тайге шишки собираем и ничего не хотим знать про Москву с Питером. Наоборот, хотим! Я бы и дальше съездил. В Европу. Лондон хочу посмотреть. Я викторианский стиль люблю. И Барселону ещё. Но это мне просто не по карману. Это далеко. На обратной стороне глобуса.

— Как хотите, — сказала Варя. — Моё дело — предложить.

— Без обид, — мирно предупредил Димас.

— Конечно, — сказала Варя. — Только ты меня не убедил. Чай готов, тебе наливать?

Мы говорили о чём-то ещё, сменили тему, — говорил в основном Димас, а я молчал, думая о совершенно посторонних вещах — о разбитой машине, о том, что отец будет недоволен, когда узнает, что я стырил у него лодку, и придётся выслушивать от него неприятные слова, вроде «купи свою, мою не трогай».

И то, что я впервые за сутки вспомнил про мёртвую машину, про обязательства, — меня разозлило.

Очень хотелось и дальше пребывать в забытьи, в розовых соплях.

Ещё хотя бы день, а лучше три дня — ни о чём не

думать, не расставаться, никуда не выходить, просто быть вдвоём.

Я посмотрел на Димаса, на Варю, отвернулся к окну и молча пообещал себе, что обязательно повторю этот день и эту ночь — ещё раз проживу эту невесомость, полную свободу.

Вдвоём с ней, с Варей.

Если она уже всё решила, если уедет — я переживу.

Не знаю как — но переживу.

Разочарование и обида накрыли меня: как будто упал в ледяную воду. В ушах гадко свистело.

Они о чём-то переговаривались, чай пили и даже, по-моему, анекдоты рассказывали, а я не слышал ни слова.

Один раз в жизни влюбился по-настоящему, а всего удовольствия вышло — несколько дней.

И я прервал их веселье, кашлянул, повернулся к Варе:

— Так чего? Ты уже купила билет?

Варя осеклась.

— Нет ещё.

— Мы засиделись, — сказал я. — Время — третий час, пора двигать. Собирайся.

Она, конечно, всё поняла, возражать не стала, попросила Димаса отвернуться и оделась в пять минут.

Мокрые свитера мы вчера повесили сушиться на батарею, но отопление отрубили ещё в апреле, — они высохли не полностью. Когда я натянул свой — задрожал в ознобе, но мне это даже понравилось.

Пусть всё будет плохо.

Пусть шмотки будут сырые, пусть любимая навсегда исчезнет.

Пусть разразится шторм, пусть ураган сметёт с земли всё и вся. Мне наплевать.

Мы потратили много времени, добираясь до Моргородка; Димас, джентльмен и умница, и тут мне помог.

Я заплатил за причал, потом вытащил из лодки пустые канистры, и мы метнулись на заправку — рядом, через железнодорожный переезд только перепрыгнуть. Залились, заодно я в качестве доброго жеста заправил букашку Димаса, хотя он возражал.

Ветер стал крепче, и я понял, что моряцкая чуйка не обманула: шёл шторм.

Ни о какой гонке «по стеклу» уже не могло быть и речи.

Вода в заливе шла рябью и потемнела, и небо тоже изменило цвет — тёмная полоса надвигалась с юга.

— Димас, — сказал я, — брат, ты лучший. Спасибо тебе за всё.

— Отойдём, — сказал Димас, оглядываясь на Варю.

Мы сделали пять шагов в сторону.

— Что у вас случилось? — спросил Димас шёпотом.

— Всё случилось, — угрюмо ответил я. — Она улетает. Остаться не хочет.

— Лети с ней!

— Куда? — спросил я. — В Петербург? Ты дурак, что ли? Что мне там делать? У меня тут работа, у меня тут всё. Никуда не поеду. Отвезу её сейчас домой — и на этом стоп. Разойдёмся, как в море корабли.

— Сам ты дурак, — сказал Димас. — Поговори с ней, предложи повременить...

— Не получится. Ей надо поступать в институт.

— Ну и отлично, пусть поступает! Поступит — вернётся. А ещё красивее будет, если ты к ней! Где-нибудь в августе! Денег как раз накопишь...

— Ага, — сказал я. — Накопишь тут.

— Короче, — сказал Димас, — ты не прав. Девочки любят, когда их добиваются. Вообще, она классная, это да. И она тебе подходит. И ты ей нравишься. Ты ей интересен. Может, это твой шанс, брат? Не упусти его. Не упусти.

И он повернулся к Варе и помахал рукой.

5

Когда я миновал Босфор-Восточный, вышел в залив и взял курс на остров Путятина, погода вконец испортилась. Но я был спокоен. У меня была хорошая лодка и сильный мотор. У меня был полный бак и четыре полные запасные канистры.

Вчера по спокойной воде я проделал весь путь примерно за два часа.

Ходовая мощность спасает всегда. И на дороге, в автомобиле. И в море, на лодке.

По крайней мере, я крепко верил в свой мотор. И в себя тоже.

Сильный южный ветер сносил меня в сторону берега. Шедшая с юга, с моря, большая волна в заливе гасла и слабела, обращаясь в рябь.

На открытой воде мне пришлось сбавить обороты, иначе лодку шкивало и подкидывало слишком высоко.

Варю я сразу пристегнул ремнём.

Её сильно тошнило, она раза три перегибалась через борт. Я делал вид, что не замечаю. От водяных брызг мы оба быстро вымокли.

Я трижды поблагодарил себя за предусмотрительность: сам натянул два свитера, и Варю заставил, и ещё флягу воды прихватил.

Надо было, наверное, взять ещё термос с горячим кофе или крепким чаем, но я про это забыл. Честно сказать — никогда не брал с собой в море термос, не имею такой привычки.

А в этот раз пожалел.

Варя — мокрая, бледная — тем не менее улыбалась.

В плохих условиях, при сильном ветре и волнении, расходуется много топлива, но ещё больше расходуется сил у рулевого.

Когда я добрался до острова, в голове у меня слегка гудело с непривычки, тело задеревенело, а обе руки онемели — от локтей до пальцев.

Всё-таки гораздо проще катать девушку на машине по асфальтовой дороге, чем на лодке по морю.

Ни тебе музыки, ни климат-контроля, только ветер в лицо и желудок, подпрыгивающий к горлу.

Когда мы выбрались на твёрдую землю, оба тряслись от холода и устали.

6

В доме свет горел во всех окнах, но дверь была закрыта; Варя отомкнула своим ключом, крикнула:

— Дед!

Никто не отозвался.

— Дед! — повторила Варя. — Я пришла!

Я осторожно протиснулся, сразу понял — что-то не так; в доме сильно, нездорово пахло перегретым металлом.

Не разуваясь, побежал на кухню.

Конфорка под чайником готова была треснуть и расплавиться; очевидно, чайник выкипел давным-давно, от нагрева весь потемнел и исходил вонючим жаром.

Я выключил плиту.

Пошёл в комнату, наткнулся на Варю — она стояла недвижно и смотрела на деда, лежащего на кровати.

Сначала я подумал, что старик мёртв.

Такого цвета лица — серо-жёлто-лилового — у живых не бывает.

Левая его рука была согнута в локте, ладонь лежала на сердце; правая рука свисала на пол.

Я мгновенно сообразил, плечом отодвинул Варю назад, подошёл, наклонился.

Старик вдруг открыл глаза и посмотрел на меня; во взгляде была жалобная младенческая беспомощность.

Я обернулся к Варе.

— Всё нормально. Иди сюда.

Варя подошла.

— Дед, — позвала, — ты чего, дед?

Старик разлепил сухой серый рот.

— Ничего... Ничего...

— Сейчас, — сказала Варя. — Сейчас всё сделаем!

Бросилась в угол, вытащила из скрипящего шкафа картонную коробку. От коробки пошёл неприятный аптечный запах.

— Ему надо дать воды, — сказал я.

Варя шарила в коробке.

— Ага, — сказала, — давай. А я поищу корвалол.

Я побежал на кухню.

Сгоревший чёрный чайник остывал, громко потрескивая. Прогорклая вонь, исходящая от него, усилилась. Я открыл форточку.

Локтем задел бутылки на подоконнике, одну опрокинул со звоном.

Старик, очевидно, пил много. Пил, как пьют все старики, каждый день, иногда больше, иногда меньше. Мой дед, отец матери, так пил: от скуки спасался. Когда шалило сердце — он вместо водки употреблял сердечные капли, которые тоже — спиртовой раствор.

Мне удалось влить в серый рот полстакана воды, но это не помогло.

— Нет корвалола, — сказала Варя. — Он когда сильно выпьет — потом два дня болеет. И корвалолом лечится.

— Понятно, — сказал я — И где мы возьмём корвалол?

— Не знаю, — сказала Варя.

— Может, ему водки дать? — сказал я. — Там на кухне есть полбутылки.

— Не надо, — сказала Варя. — Звони в скорую.

— Какая скорая? — спросил я. — Мы на острове.

— Тогда надо к соседям, — сказала Варя и бросилась в прихожую. Схватила трубку, выругалась матом.

— Не работает телефон!

— Иди пешком, — сказал я. — Разбуди и позови. Лучше идти тебе, ты девочка, тебе быстрей откроют. Если я буду ломиться посреди ночи — мне не откроют вообще. Беги.

— Хорошо, — послушно сказала Варя и выбежала.

Едва за ней закрылась дверь, как старик ожил, задвигал сухими руками, засопел, тяжко кашлянул, подтянул локти и попытался приподняться. Я не знал, что мне делать, отстранился.

Старик медленно, поэтапно сел.

— Девочка, — просипел. — Где?

— К соседям ушла, — ответил я, — сейчас вернётся.

— Не ори, — пробубнил старик. — Я не глухой. Я тебя раньше видел, правильно?

— Так точно, — ответил я. — Меня зовут Виктор Старцев. Я друг Вари. Но вы лучше лягте.

— Ты, парень, командуй у себя, — сказал старик. — А я буду командовать у себя. Иди найди мою внучку. Скажи, чтобы вернулась. Иди давай.

— Хорошо, — сказал я и встал. — Конечно. Но, может, вам чего нужно?

Старик собрался что-то ответить, однако тут вернулась Варя и привела с собой соседку, женщину примерно шестидесяти лет, в мужском бушлате, с увядшим, обветренным и испитым лицом, но с прямым смелым взглядом.

От неё пахло дымом, кислым бытом, грубым табаком.

Как только она вошла, мне стало легче.

Мне показалось, что старая морячка тут же всех нас спасёт.

Она подбежала к старику, потрогала руки, шею и лицо, недовольно нахмурилась.

— Что, Филиппыч? Допился?

Старик не ответил.

Женщина ещё раз обгладила его руками — потрогала щёки, затылок, шею, плечи, руки.

Молча ушла на кухню.

Я тут же устремился следом.

На кухне соседка выхватила папиросы и задымила.

— Если что, меня Антонина зовут. А дедушку — надо в госпиталь везти. Он военный пенсионер, он имеет право на госпиталь.

— Мне всё равно, — сказал я. — Больница, госпиталь, какая разница. Он совсем плохой. Надо что-то делать.

— А нечего тут делать, — ответила Антонина. — Тут есть больничка, медсестра дежурит. Щас пойдём к ней. Она укол поставит, потом мы вместе с ней позвоним на материк. Потом будем ждать, пока баржу пришлют. Потом его отвезут в стационар, в Фокино... Деда вашего...

Её бытовой, простецкий тон подразумевал, что до утра старик должен дотянуть.

— Зачем ждать баржу? — спросил я. — У меня тут лодка стоит. Через три часа я доставлю его во Владивосток.

— А ты погоду видел? — спросила Антонина.

— Видел, — ответил я. — Нормальная погода. Бывало и хуже.

Глаза Антонины заблестели серебряной искрой; я такой взгляд знал. Иногда пожилые женщины одаривали меня таким взглядом; приходилось вежливо улыбаться в ответ; это не вызывало у меня ничего, кроме неловкости.

— Дай свой номер, — сказал я. — Когда буду на том берегу — я позвоню. Или ты мне позвони. Если через три часа не найдёмся — звони в МЧС.

Антонина кивнула:

— Ты смелый. Только я свой телефон дома оставила.

— Всё равно, — сказал я. — Надо будет созвониться.

— Конечно, — сказала Антонина. — А как мы его до берега дотащим?

— Дотащим, — сказал я.

В шесть рук собрали старика в дорогу, куртку и свитер взяли. Документы — паспорт, военный билет, медицинский полис — я сложил в стопку, туго завернул в полиэтиленовый пакет и спрятал во внутренний карман.

Пошарил на кухне, воды налил во фляжку, после краткого раздумья стянул с подоконника полупустую бутылку водки. И фляжку, и водку отдал Варе.

Она — бледная, напряжённая — смотрела на меня с уважением и надеждой, и от этого взгляда у меня прибавилось сил и уверенности.

— Иди, — посоветовал я, — сходи в туалет. Дорога неблизкая.

Варя кивнула, убежала.

Я ещё раз осмотрел кухню, увидел полупустую пачку папирос, вытащил одну, закурил. Это помогло. Не знаю, как действует на человека табачный дым, и знать не хочу, но иногда помогает. Может, теперь был тот самый момент, когда действительно помогает.

Доберусь, подумал. Всё будет хорошо.

В последний момент снял ботинки, сунул ноги в дедовы резиновые сапоги — они оказались малы, дед, наверное, имел сорок первый размер ноги, если не сороковой, против моего сорок третьего; лучше было бы, наверное, отдать сапоги Варе, но я понял это только потом.

Спустя две минуты я подхватил старика на руки; Варя открыла дверь, и я, стуча сапогами, вывалился из дома, спустился по трём ступеням крыльца и двинул во мрак.

Старик был неожиданно тяжёл, и я быстро понял, что переоценил свои силы. Одно дело — тягать гирю или лодочный мотор, и другое — живого человека, к тому же расслабленного и больного.

Подкинул, пристроил ловчей.

В конце концов донёс, ни разу не оступившись, это стоило мне больших усилий, но удалось.

На перемещение старика с пирса на лодку ушло много времени. Скользя по камням и ржавым железным балкам, я разбил локти и колени, дважды почти ронял деда и, разумеется, набрал полные сапоги воды, а хуже того — на Варю тоже несколько раз накатило прибойной волной, она вымокла вся. Однако мы справились.

Старика устроили лёжа, головой к носу лодки.

Жилетов было два.

Один я велел надеть Варе, во второй, с большим трудом, совместными усилиями мы облачили старика.

Варя всё это время молчала и стремительно выполняла все мои указания: тут подержать, там потянуть.

Дед иногда шевелился и помогал нам, двигал рукой или ногой, но я видел — ему совсем хреново.

Варю сильно трясло от холода и волнения. Меня тоже.

Посреди суеты я схватил её за ладонь, сжал, погладил, но ответного движения не получил.

В темноте я не видел ни её лица, ни глаз.

Потом я проверил бензин и дополнил бак доверху, *под жвак*.

Посмотрел на запад — не увидел ни луны, ни звёзд, ни единого просвета в чёрном небе — только редкие огни на материке, в районе Дуная.

Решил идти на огни, чтобы миновать горло пролива, держась ближе к берегу материка. Далее, после выхода в Уссурийский залив, я рассчитывал увидеть за мысом зарево Владивостока — и держать курс уже на это зарево, на северо-запад.

На всякий случай засёк время.

Антонина, оставшаяся на берегу, очень ловко и со знанием дела отдала швартов; я запустил двигатель и дал ход.

7

Мы вышли в море.

Запах сгоревшего бензина и масла показался мне приятным, он обнадёживал. Но я всё равно пережил момент паники, слабодушия.

Куда попёрся, зачем?

Не знаю, бывает ли у других такое — у меня часто.

Может, я не моряк. Может, я подсознательно боюсь воды. Может, на самом деле я сухопутный парень и бороздить синие просторы — не моя судьба?

Вспомнил машину; вот, подумал, сейчас бы сел в кожаное кресло, печку бы врубил, куртку и шапку — долой, шесть фар, ксенон, в темноте добивают до китайской границы, музыку выкрутил, Панфа: «Куда уходит молодость» — и педаль в пол.

Ну, если бы вёз умирающего человека — конечно, музыку не стал бы включать, не дурак. Не Панфа по крайней мере.

Но нет у меня машины, только лодка и мотор.

И два глаза, чтоб смотреть во мрак, и ещё нос, чтоб чуять беду.

Главное — на какой-нибудь камень не налететь. Со встречными судами расходиться левыми бортами, как на дороге. Это было единственное, что я помнил из МППСС — правил предупреждения столкновений судов.

Спустя краткое время полегчало, страх пропал. К тому же и ветер, как мне показалось, ослабел, волна стала ниже. Шторм может пройти стороной, подумал я, и вообще, в заливе не бывает большой волны, на то он и залив.

Лодку подкидывало, мне приходилось то и дело сбрасывать ход.

Меньше чем за полчаса я прошёл весь пролив Аскольда и наконец увидел — правее по курсу, далеко впереди, у самого горизонта, — слабое жёлто-белое свечение. Огни Владивостока.

Толкнул притихшую, пристёгнутую Варю, показал пальцем.

— Смотри! Это город! Нам туда!

Варя кивнула несколько раз, — мол, поняла; я не был уверен, что смог её успокоить и приободрить. Но сам — успокоился. Мир не рухнул, остался на месте, земная твердь пребывала там же, где вчера и позавчера. Позади — Путятин, впереди — Владивосток, между ними — я, самонадеянный парень, и ещё двое, которых я хотел спасти.

Если бы месяц назад кто-нибудь — а хоть бы и Димас, например, — сказал бы мне, что я окажусь ночью в открытом море, в шторм, на лодке, с девятнадцатилетней девчонкой и умирающим стариком, — я бы даже не засмеялся.

Какое море, какая лодка? Я продавец резины, деловой человек!

Как так вышло, что я оказался ночью посреди Уссурийского залива?

Теперь вспомнил про резину, про контейнер свой, про горячий кофе, про сухие шерстяные носки — сглотнул слюну. Кофе не помешал бы. Мне приходилось сидеть, упираясь ногами, левой рукой держась за борт, правой рукой — за румпель, рука давно затекла, но румпель нельзя было бросить ни на секунду, иначе — подставлю борт под волну и перевернусь.

Ветер дул с юга — тёплый, настоящий майский ветер, он нёс запахи лета, удовольствий, нагретых солнцем камней, веселья и безделья, в любой другой момент я бы захлебнулся этим прекрасным ветром и захохотал бы от удовольствия, от предвкушения — но сейчас я его только проклял сквозь зубы, этот южный ветер, потому что он нёс мне проблемы.

Пришлось ещё сбавить ход.

Варя тоже почувствовала перемену, оглянулась, посмотрела, подобралась ближе. Я опять хлопнул её по плечу:

— У меня есть папиросы! И водка! Хочешь?

— Нет! — крикнула Варя. — Я хочу побыстрее на берег! Мне страшно!

— Я и говорю, выпей!

Она помотала головой — и вдруг рванулась, прижалась, щекой, лбом, носом ткнулась, и щека, и лоб показались мне холодными, как снег.

— Я больше не могу! Мне очень страшно!

Хотелось обнять её, но обе руки были заняты.

Хотелось нажать на паузу, как если бы мы лежали вдвоём на диване, смотрели страшный фильм и в середине фильма решили устроить перерыв, пожевать чего-нибудь, например. И нажали кнопку. И всё замерло — и ветер, и волны, и холодные брызги, и лодка, и ревущий мотор, и винт, молотящий воду, — а мы пошли на балкон перевести дух и обсудить варианты развития сюжета.

Но жизнь — не кино, на паузу не поставишь.

И я — капитан нашего судна и командир экипажа,

состоящего из бездвижного старика и маленькой испуганной девочки, — я был обязан поддержать личный состав, вселить дух, поднять уверенность, — и я, изловчившись, поцеловал Варю в висок.

— Доставай телефон! — предложил. — Селфи сделаем! На фоне водяных гор! На ютубе вывесишь! И подпись: Владивосток-две-тыщи!

По-моему, мне удалось её рассмешить.

На самом деле мне тоже было стрёмно. Волнение усиливалось, ветер крепчал. Правый локоть совсем онемел, да и левая рука от напряжения и холодных брызг была уже как будто не совсем моя.

— Полпути прошли! — крикнул я. — Осталось немного!

Впереди действительно понемногу из сплошного зарева проявились отдельные огни, разноцветные — белые, жёлтые, синие, — с расстояния в тридцать миль Владивосток выглядел как новогодняя ёлка, лежащая на боку.

На большой волне никогда ничего нельзя знать наперёд. Все силы уходят на то, чтоб удерживать верный курс.

Жечь топливо в такой ситуации было глупо, я убавил ход до среднего.

Была надежда, что ветер мне поможет, снесёт меня ближе к цели.

Но, увы, мариман из меня — не самый опытный: я не знал и не мог определить ни силы ветра, ни его точного направления. Не говоря о течениях.

Старик зашевелился: подогнул под себя ноги и попытался повернуться на бок. Варя тоже увидела.
— Дед!! Дед!!
Отстегнула ремень и полезла вдоль борта.
Я ничего не успел сделать.
Ударила очередная волна, лодку подкинуло.
Варя взлетела на метр в воздух и оказалась за бортом.
Одной рукой успела вцепиться в леер. Закричала страшно.

Нельзя было бросать румпель — но нельзя было и оставаться на месте. Я сбросил газ и прыгнул, руками вперёд, и успел схватить её ледяные пальцы, и удержал бы, но лодку немедленно развернуло боком, и ещё одна волна ударила в борт; рука выскользнула.

Оранжевый жилет исчез за кормой.

Я вернулся к мотору, заложил поворот, включил фонарь; но в пятне света видел только шевелящиеся водяные холмы с белыми пенными барашками на гребнях; а за пределами пятна вообще ничего не видел.

Ни ужаса, ни отчаяния не чувствовал: наоборот, верил, что случилось недоразумение, мелкая неприятность; сейчас, в течение минуты, я отыщу человека, верну на борт — и пойдём дальше.

Варя умела плавать, и её новенький жилет мог выдержать двоих таких, как она.

Сейчас, шептал я себе, стуча зубами, сейчас найдём, всё исправим.

Попытался встать, одной рукой не выпуская румпеля, другой разворачивая фонарь, вглядываясь в темноту.

Пусть она помашет рукой, пусть справится со страхом, утонуть — не утонет, жилет не даст; самое большее — нахлебается воды; пусть не дрейфит, потерпит, она где-то здесь, я дам два-три круга и отыщу. Фонарь сильный, мотор ещё сильнее, всё будет хорошо. Главное — не терять разума. Море — мой сосед, мой кормилец, я вижу море каждый день, я с ним дружу — не может быть, чтобы море украло у меня моего любимого человека, молча, деловито, равнодушно. Это было бы против правил, против законов жизни.

Но нет. Перед глазами ничего, кроме воды. В ушах ничего, кроме ветра. В голове ничего, кроме звона колоколов смерти.

Когда старик схватил меня за ногу — я заорал от страха. А он уже был рядом, его глаза сверкали.

— Слушай меня! Сбрось ход! Пусти меня к рулю! А сам — на фонарь, и смотреть вперёд!

И он, размахнувшись, дал мне крепчайшую затрещину, как будто не умирал десять минут назад; как будто не его я тащил по камням, проваливаясь в ледяную воду.

— Понаберут детей на флот! — яростно хрипел старик.

Мы поменялись местами. Ухватив румпель, старик тут же заложил ещё один крутой поворот, а затем сбросил газ. Теперь мы дрейфовали по волне. Я сразу понял, что дед — *обладает*. И подумал, что должен был так сделать с самого начала — чтобы лодку сносило в том же направлении, куда снесло утопающего.

Само слово «утопающий» мой разум оттолкнул, как чужеродное, не подходящее к Варе; какая из неё «утопающая»? Она не может утонуть! Она не для того прилетела сюда с другого конца мира, чтобы просто взять и утонуть! Она прилетела, чтобы встретить меня! Она прилетела жить, а не умирать.

Лодку качало, встать в полный рост не получилось — только на колени. Но я быстро приноровился: когда нас поднимало на волне, я хватал фонарь, описывал лучом широкий круг и смотрел в оба.

А дед стоял на руле и загибал по-морскому. Видимо, себя взбадривал. В другое время я бы заслушался — старая школа, боцманская. Но теперь было не до этого. Запомнились только какие-то обрывки, уносимые ветром в океан:

— Тюлени камбузные — мурцовки флотской не пробовали — ни фланки ни бески не носили — швабры в шкарах — иди на клотик — чай вскипяти да козла подразни — пока ракушки с задницы не посыпались!!!!!

И ещё много чего я не разобрал.

Сам я, по-моему, всё это время тоже орал, ругаясь матом на себя, на деда, на лодку, на мотор, на залив, на ветер и даже на Варю, — но, возможно, орал и бранился только мысленно. Не знаю. Море равнодушно к человеческим эмоциям.

Не знаю, зачем оно решило украсть у меня мою девушку.

Вроде бы я всё делал правильно.

Вроде бы я не подлец, не жлоб, не гад. Нормальный честный парень. Я не заслужил такого.

Старик держал самый малый ход, только подруливал, подстраиваясь под ветер и под волну. Когда свет фонаря отражался от воды и падал на старика — он казался мне частью лодки, существом из бензина и алюминия, как будто сама лодка ожила и душа её материализовалась. У лодок, наверное, тоже есть душа. Бог знает.

В конце концов однажды я увидел отблеск.

В спасжилете есть светоотражающие вставки.

Какой-то умный хороший человек придумал их. Пусть он живёт долго и счастливо. И дети его, и внуки.

Я заорал что есть силы.

— Вижу! Там!!! Там!!!

Мотор взревел.

Я держался за фонарь уже обеими руками, стараясь не выпустить цель.

Мы подошли, но с первого раза промахнулись, я не успел, не дотянулся — бросил фонарь, луч его ушёл куда-то в низкое небо, и в темноте я сразу потерял Варю из вида; пришлось заходить по второму разу; но тут уже я не сплоховал, углядел, приладился — и, считай, одной рукой выдернул человека из воды.

Она была жива, она смотрела на меня и, по-моему, улыбалась. Но не смогла произнести ни слова.

Сползла на дно, хрипя, выблёвывая под себя воду.

Её тело сотрясали сильнейшие судороги.

Я вырубил фонарь; теперь он был не нужен.

В середине мая температура воды в Уссурийском заливе, в открытой его части, — от пяти до восьми градусов у поверхности.

На глубине в метр — от двух до четырех градусов.

Я не помнил, сколько времени прошло с момента, когда Варю выбросило за борт.

Может быть, полчаса.

Оказавшись в холодной воде, организм человека сопротивляется изо всех сил. Все механизмы спасения работают на полную мощность.

Сердце бьётся с частотой в сто пятьдесят ударов в минуту, разгоняя по телу кровь.

Человек, оказавшийся в холодной воде, беззащитен и может полагаться только на собственную волю к выживанию.

Привычка и тренировка тоже играют роль.

Профессиональные, тренированные пловцы, облачённые в толстые «сухие» гидрокостюмы, могут провести в холодной воде и час, и больше.

Новичок — погибает в считаные минуты.

Страх, паника — ускоряют смерть. Опыт — спасает.

Но откуда взяться опыту, если ты девочка девятнадцати лет?

Я разъял на ней жилет, расстегнул мокрую куртку, вырвал с мясом застёжку-«молнию». Задрал мокрый свитер, обнажая белый живот и грудь, спрятанную в бюстгальтер; сорвал его, выпростал маленькие грудки.

Дотянулся до рюкзака, выхватил бутылку с водкой, облил и живот, и грудь, и собственные ладони, стал растирать.

Пытался влить водку ей в рот, но не смог, Варя хрипела и кашляла, выхаркивая воду и желчь.

Растирал, нажимая пальцами, основаниями ладоней и локтями, — разгонял кровь.

Потом сорвал с её ног кроссовки, носки — отшвырнул, задрал штанины, стал растирать ступни и лодыжки.

Она лежала с закрытыми глазами. А я лил водку себе на ладони и растирал её, холодную, дрожащую.

Когда водка кончилась, я выбросил бутылку за борт и стал раздеваться. Варю следовало немедленно переодеть в сухую одежду.

Я раздел её, потом себя, её — догола, натянул на неё свои штаны, свой тельник, свой свитер.

Больше ничего нельзя было сделать — разве только продолжать растирать грудь и ноги.

Сотовая связь работала — до берега было недалеко.

Моя голова тоже хорошо работала; на диком, подсознательном уровне я понимал, что случилось чудо, человек едва не погиб.

На другом, сознательном уровне я, особо не задумываясь, позвонил в скорую, в полицию и в МЧС, всё рассказал, попросил помощи.

Набрал и Димаса — выслушав, тот грубо меня отругал и сказал, что будет ждать на берегу с машиной и сухой одеждой.

Мы с дедом шли через залив, как мне показалось, всю ночь, сожгли почти весь бензин, вымокли до последней нитки.

На берегу, где-то у Тихой, нас встречали сразу три «скорых помощи». Крутились мигалки, выполняя для нас роль маяков.

Все они, и полицейские, и врачи, сидели в своих машинах и вышли, только когда нас увидели.

Я кинул фалинь, меня подтянули вплотную к берегу. Потом схватился за лежащую Варю — её надо было как-то вытаскивать; однако с берега сразу несколько человек грубо заорали мне, чтобы я немедленно вылезал; я перебрался на другой борт, и десяток крепких рук вцепились в воротник, в локти, в волосы даже; меня выволокли на твердь земную в одну секунду, затем то же самое проделали со стариком, а Варю вытащили последней, без всякого моего участия.

8

Подбежали, окружили, носилки подтянули.

Полицейские, врачи, ещё какие-то деловитые, громогласные.

На нас — мокрых, извлечённых из лодки — они смотрели странно, как на неодушевлённые предметы, тыкали в нас пальцами и больше перекрикивались между собой — но, с другой стороны, в их действиях был смысл и слаженность; они накинули на нас сухие одеяла, они посветили нам в глаза фонариком, они задали вопросы — идти можешь? соображаешь? имя своё помнишь?

У меня кружилась голова и обе руки онемели по локоть; наверное, я сам слегка застыл.

Деда подхватили под локти и колени, положили на брезентовые носилки. То же самое попытались проделать со мной, однако я оттолкнул чужие руки, вырвался, крикнул, что сам дойду. Мне что-то возразили, и даже матом. В свете проблесковых маячков лица суетящихся людей окрашивались то синим, то красным. Я распознал одно из лиц — Димас, родной человек, в руке баул, глаза бешеные; ему я обрадовался, обнял.

— Живой? — спросил он.
— А чего мне будет?

Но я, как обрадовался другу, так же и забыл про него — мимо пронесли Варю, она выглядела жалко — маленькая, в моих штанах и в моём свитере, и то и другое напялено криво, где-то обнажилось голое тело, мокрые волосы прилипли к лицу.

Отстранив Димаса и всех прочих, я побежал назад, к лодке. Какой-то краснолицый, плотный, коротко стриженный схватил меня за плечи.

— Куда??
— Там её кроссовки!! — заорал я. — Варины кроссовки! «Нью Бэланс»!! Вон они, в лодке!!

Подбежал ещё полицейский — вдвоём с краснолицым они оттеснили меня от края пирса.

— У него шок.
— Да ясный пень.
— Тащи его в «скорую».

Но я опять вырвался. Димас подоспел, тоже помог, встал между мной и краснолицым.

— Подождите!! — взмолился я. — Всё нормально! Дайте переодеться!

— Вот его вещи. — Димас сбросил с плеча баул, расстегнул, выдернул шмотки.

Полицейский вздохнул, отступил.

Я разделся догола, стянул и трусы.

Сухие штаны. Сухие носки. Сухой тельник. Сухой свитер.

Это было прекрасно.

Вспомнил, подкинулся.

— Стойте! — выкрикнул. — На девушке — моя куртка! Там все документы! Во внутреннем кармане! В пакете завёрнуты!

— Спокойно, — ответил мне краснолицый, — не волнуйся. Разберёмся. Иди в машину.

— Да я в норме!

Но Димас обнял меня, прижал, в ухо прогудел:

— Брат, лучше съезди, мало ли что... На больничке увидимся... Варю увезли — тебе надо за ней... Давай, иди... Всё нормально, брат. Всё кончилось.

Я огляделся.

Две из трёх машин «скорой помощи» уже отчаливали. В третьей ждали меня.

Какой-то человек фотографировал меня и мою лодку телефоном. Я решил дать ему в зубы, но сил не было.

Краснолицый дядька вытащил сигареты — японский контрабас, Hi-Lite; протянул:

— На, покури. Успокойся.

— Не курю, — ответил я и побрёл к машине.

Мне велели лечь, задрали рукав, измерили давление, всадили в задницу укол, от него меня мгновенно бросило в пот, и полегчало; захотелось спать.

Когда подъехали к больнице, я сказал, что дойду своими ногами, и мне не возразили.

В сопровождении двух врачей в синих куртках вошёл в двери.

Дальше — суета, хождение из кабинета в кабинет, снова светили фонариком в глаз, поинтересовались фамилией, адресом и сколько полных лет, велели раздеться и лечь на оранжевую клеёнку, холодную, как вода в Уссурийском заливе; кардиограмма, анализ крови; ещё один укол, на этот раз в вену, от которого плеснула щекочущая горячая волна, от затылка до пальцев ног.

К этому моменту я успокоился совсем; наверное, от уколов.

Теперь от меня ничего не зависело, теперь ситуацией управляли другие люди, профессионалы, врачи. Утомлённые, невесёлые, но дьявольски спокойные.

— Холодовая дрожь.
— Полиса нет.
— Вроде не пьяный. Но кровь на алкоголь возьмите.
— Пульс сто сорок.
— Молодой парень. Лёгкая гипотермия. Но я бы положила и посмотрела.
— Там ещё девушка и дед старый, оба в реанимации.
— На лодке через залив.
— Поддерживающие препараты. Тахикардия.
— А куда его класть, в терапию?

Через час или через три часа, времени я не чувствовал, — велели одеться и ждать в коридоре.

Но ждать я не собирался; сразу пошёл к выходу, у поста охраны всё объяснил, спросил, где реанимация.

Охранник — заспанный, толстый, несговорчивый — отказался меня пускать в реанимацию и предложил посидеть в вестибюле.

Я сидеть в вестибюле не пожелал, стал хамить и требовать, охранник позвонил, переспросил фамилию, выслушал; другим, более доверительным тоном сообщил: на лифте до третьего этажа, потом налево.

— Там вас встретят.

На третьем этаже, в скупо освещённом коридоре, ко мне вышла женщина в белых мягких тапочках и зелёной робе.

— Ничего не могу сказать. Состояние критическое. Перебои в работе сердца, нарушено кровообращение мозга. Сколько она провела в холодной воде?

— Примерно полчаса, — ответил я, облизнув губы. — Её выкинуло за борт, мы долго её искали... Ещё у вас старик лежит, это её дед...

— У него всё нормально, — ответила женщина, — завтра выпишем. Хотите — можете поговорить.

Она провела меня за железную дверь, указала рукой — дальше по коридору; я вошёл в палату, здесь в полумраке лежали двое, оба под капельницами, оба одинаковые, худые, старые, серые, седые, жалкие; сначала я не понял, кто из двоих мне нужен. Потом разглядел.

— Что там Варя? — тихо спросил старик.

— Вроде всё хорошо, — соврал я. — Но состояние тяжёлое.

Старик вздохнул:

— Она выберется. Она знает, как вести себя в холодной воде. Я ей объяснял. И вы, надеюсь, тоже объяснили.

— Конечно, — повторно соврал я. — Обо всём предупредил... Четыре градуса — не так уж и холодно... Это лучшая больница в городе, тут хорошие врачи...

Старик поднял тощую белую руку и схватил меня за предплечье.

— Молодой человек. Слушайте внимательно. Вы много значите для моей девочки... Она сама мне говорила... Я вижу, вы не жлоб и не подлец... Слушайте... Власти заведут уголовное дело... Вы скажете им, что это я вывел лодку в море... Не вы, а я. Вы понимаете, о чём я говорю?

— Не совсем, — сказал я.

Старик сжал пальцы крепче:

— Просто скажите им, что я управлял лодкой. А вы выполняли мои команды. Я капитан второго ранга. Я водил тральщики, ракетные катера и эсминцы. Скажите им, что это я вывел лодку. Так будет лучше для всех. И для меня, и для вас, и для Вари, и для Маши...

— А кто такая Маша? — спросил я.

— Её мать, — ответил дед. — Моя дочь. Мне придётся как-то отвечать... Перед ней... Но это вас не касается...

— Касается, — сказал я. — Ещё как. Извините, товарищ капитан второго ранга. Но я не согласен. Это всё устроил я, и отвечать буду тоже я. А вы — отдыхайте. Поправляйтесь. Сейчас главное, чтоб Варя выбралась.

Пожал старику запястье и ушёл.

В глубине души я был зол на старика. Всё случилось из-за него. Он выпил лишнего, он срубился с сердечным приступом. Я тащил его на руках, я умудрился закинуть его в лодку, я боялся, что он умрёт, — а теперь, спустя несколько часов, он, стало быть, оклемался и пытается мне что-то диктовать. Учить меня.

А меня учить уже не надо, я учёный.

У двери лифта помедлил.

Куда идти?

Варя — здесь. Значит, и я тоже должен быть здесь.

Отошёл к окну. Снаружи в стёкла стучались длинные дождевые струи. Шторм усиливался. Затайфунило по-взрослому.

Решил: никуда отсюда не уйду — только вместе с Варей.

Она, конечно, выберется. Четыре градуса — нормальная температура, а сверху ещё южный тёплый ветер, да вдобавок дед, оказывается, что-то ей объяснил, преподал урок, как не бояться холодной воды.

За спиной загремели двери лифта; появились двое в полицейской форме, примерно мои ровесники.

— Виктор Николаевич. А мы вас везде ищем. Пройдёмте, пожалуйста.

— Куда?

— С нами, — спокойно ответил первый, в погонах старшины. — Как вы себя чувствуете?

— Как дурак, — грубо ответил я.

Старшина улыбнулся:

— Ну и прекрасно. Пройдёмте, Виктор Николаевич. Пройдёмте.

И локтем поправил автоматный ремень. Короткий, как моё счастье.

9

Привезли к двухэтажному зданию на берегу, на Эгершельде, рядом с «бурсовским» пляжем.

Я ощущал себя преступником, злодеем, сидел, молчал, зырил в окно.

— Выходи, — сказали мне. — Пойдём.

Зашли в здание, по старым скрипучим полам, по деревянным ступеням поднялись на второй этаж. Один из двоих зашёл в кабинет, через полминуты вернулся.

— Вперёд.

Я зашёл. Полицейские исчезли.

В кабинете никого не было. В распахнутую форточку со свистом задувал ветер.

Все стены были увешаны старыми лоцманскими картами. Пахло мокрыми тряпками и канцелярским клеем.

Скрипнула дверь: вошёл тот самый краснолицый, обветренный человек, которого я видел на берегу. Плотный, коротко стриженный, малость помятый.

Он сел и положил локти на стол.

— Ну, привет, — сказал. — Присядь.

И показал пальцем.

Я сел.

— Паспорт у тебя есть?

Я помотал головой.

— Ладно. Понятно. Как тебя звать?

— Виктор Старцев.

— Старцев? Интересно. Ты из тех самых Старцевых?

— Нет. Не из тех. Просто Старцев. Однофамилец.

Краснолицый кивнул и достал удостоверение.

— Моя фамилия Коротенко. Старший инспектор Государственной инспекции по маломерным судам. Лодка твоя?

— Отцова, — сказал я.

— Права у тебя есть?

— Нет прав.

— Отец дал тебе лодку, зная, что у тебя нет прав?
— Нет. Я взял лодку без разрешения.
— То есть угнал?
— Почему угнал? Взял. Я и раньше так делал.
— А отец, значит, разрешал?
— Нет. Ругался всегда. Лодка дорогая, он её недавно купил. Он её бережёт.
— Да, — сказал инспектор. — Лодка хорошая. Навороченная. Даже зарядка для телефона есть. И мотор ничего, в порядке. Я бы сам от такого не отказался. Значит, документы на лодку — у отца?
— Да.

Он двинул ко мне бумагу и авторучку.

— Пиши фамилию, имя, отчество отца, телефон и адрес.

Я взял ручку и обнаружил, что не могу ничего написать — руки тряслись. Краснолицый инспектор посмотрел недовольно.

— Ты чего? Ещё не отогрелся?
— Отогрелся, — сказал я. — Просто... Ну... Нервничаю.
— Правильно нервничаешь. Подкинул всем проблем. А главное — себе. Если девочка умрёт — тебе кранты. Посадят тебя, Старцев.
— Не умрёт, — возразил я. — Откачают. Если сразу не умерла — спасут...
— Откачают? — переспросил инспектор и посмотрел с неприязнью. — А ты что, врач? Специалист?
— Не специалист, — ответил я. — Но и не дурак. Я с шести лет с отцом в море ходил. Я знаю, что такое гипотермия.
— Отец у тебя — моряк?
— Инженер-гидротехник. Но рыбалку любит очень.

Инспектор кивнул:
— Кто ж не любит рыбалку.
Он помолчал.
— Зачем ты вышел в море в шторм? Ночью? Какая была необходимость?

— Хотел человека спасти. Деду стало плохо. Сердечный приступ. Он умирал. Губы были синие. Я решил...

— Погоди, — перебил инспектор. — Это твой дед, значит?

— Нет. Это дед Вари... Варвары.

— А она тебе кто?

— Она моя девушка. Я взял лодку. Мы катались по заливу. Я показывал ей остров Русский. Потом вернулись на Путятин. Пришли домой — а он там лежит... дед... Без сознания... Лекарства кончились. Стали думать, что делать. Я решил везти его в город.

— На лодке? — спросил инспектор. — Ночью, в шторм? Через Уссурийский залив?

— Да, — твёрдо сказал я. — Точно. Ночью, в шторм. Через залив.

— Штормовое же передавали, слышал?

— Не слышал. Не до того было.

Инспектор покачал головой.

— Отчаянный парень, — сказал он. — Наверное, твоя девушка тебя любит сильно. Девушки любят отчаянных.

— Нет, — сказал я. — Мы сделали это не от отчаяния. Я подумал и решил...

— Подумал? — Инспектор перебил меня и нахмурился. — Чем ты думал, Витя? На острове Путятина есть амбулатория! Там дежурит фельдшер, круглосуточно! Как раз для таких случаев! Ты это знал?

— Знал, — ответил я. — И Варя... Варвара... Она тоже знала. Мы подумали, что сами справимся. У Вари мать — врач. И она сама тоже... Ну... Она в медицинский поступала... В Петербурге... В Академию Мечникова... Времени не было. У деда дом — на краю посёлка. Пока добежишь до фельдшера, пока то-сё... Фельдшер всё равно вызвал бы «скорую». А «скорая» приехала бы с утра, на барже... Я прикинул и понял, что сам всё сделаю быстрее. Я взял на себя ответственность... Лодку вы видели. Лодка что надо, новая. Мотор — зверь. Если бы не шторм, я бы за два часа его довёз, старика...

Инспектор внимательно слушал.

И я добавил, со всей твёрдостью:

— Я знал, что делаю. Инициатива была моя. Я всё решил. И Варю убедил. Вся ответственность — на мне.

Хотел ещё упомянуть соседку Антонину, но прикусил язык. Антонина точно была ни при чём.

— А вот старик, — возразил инспектор, — Василий Филиппович Коломиец — он сказал, что всё было не так. Он сказал, что убедил тебя. Потребовал, чтоб ты его отвёз в город, в больницу. Надавил авторитетом. А ты — подчинился. Правильно?

— Неправильно, — ответил я. — Он наговаривает на себя, чтоб меня отмазать. На самом деле он ничего не соображал, он умирал реально. Мы стали думать, как быть. Я предложил везти его на лодке в город и Варю убедил. А она не местная, она только неделю как приехала, она в Приморье никогда не была, на лодке по морю не ходила, и вообще, ей девятнадцать лет...

Инспектор выслушал, долго сопел, молчал, смотрел в окно.

— Витя, — сказал он, — если девочка умрёт, ты пойдёшь под суд. Причинение смерти по неосторожности. Тебя в тюрьму посадят, понимаешь?

— Да, — сказал я. — Чего тут понимать? Я же виноват.

— И не только посадят, — продолжил инспектор, никак не отреагировав на мои слова, — но и в массовой информации опубликуют, пропечатают, чтоб другим таким же дуракам был пример. Потому что вас, таких дураков, — полный город, у кого лодка, у кого катер, у кого водный мотоцикл, у кого сап надувной, у кого акваланг, и все вы без моря жить не можете. А поучиться, хотя бы МППСС подзубрить, права получить — этого вам не надо. Вы же сами всё понимаете, дети моря, ихтиандры, вашу мать... А в сезон приезжает ещё сто тысяч из Хабаровска, таких же безумных. А нам тут утопленники не нужны, Витя. Нам тут нужно, чтоб на море был порядок. Как, в общем, и везде, не только на море. Витя, тебя накажут для примера всем прочим. Ты понимаешь меня?

— Да, — ответил я. — Понимаю. Пусть наказывают.

— Ты тюрьмы не боишься?

— Нет, — сказал я. — Честные люди тюрьмы не боятся.

Инспектор досадливо поморщился и ударил ладонью по столу — несильно, но я всё равно вздрогнул.

— Напишешь объяснительную, — сказал он. — В объяснительной укажешь, что выйти в море предложил дед, Василий Филиппович Коломиец. Всё. Потом пойдёшь домой. Тебе ничего не будет. Василию Филипповичу тоже ничего не будет, он военный пенсионер, он много лет служил в Камрани на боевых кораблях, у него награды есть. Напиши, что это он предложил тебе выйти в море. Напиши. И ступай домой. Заплатишь штраф за то, что управлял судном, не имея удостоверения. И на этом всё закончится. Давай. Пиши. И молись, чтоб твою девушку спасли.

Я подумал, посмотрел в окно — там верхушки деревьев гнулись от ветра и летел по небу чёрный пакет; шторм продолжался.

— Нет, — ответил. — Если она умрёт, вина будет на мне. Это я всё устроил.

— Витя, — сказал инспектор, — не дури. Не ломай себе жизнь.

— Жизнь моя — крепкая, — сказал я. — Так просто не сломается.

Инспектор встал; я напрягся — мне показалось, что он сейчас меня ударит.

— Ну и хрен с тобой, — сказал он, повысив голос. — Пиши, что хочешь. Меня закон обязывает обратиться в полицию. Будем дело возбуждать. Давай пиши.

И показал мне на бумагу и ручку.

Я подчинился.

Рука сначала сильно тряслась, но потом перестала, и вообще, я довольно быстро успокоился; возможность говорить и писать чистую правду всегда успокаивает.

Я мог бы исписать и пять, и семь страниц, но решил, что лучше будет изложить события максимально кратко.

«Зайдя в дом, нашли В. Ф. Коломийца в тяжёлом состоянии, с сердечным приступом».

«Пассажиры судна были мною проинструктированы и одеты в спасательные жилеты».

«При сильном ударе волны Варвара выпала за борт. Я развернул лодку, разыскал утопающего и подобрал, потом оказал первую помощь и вызвал экстренные службы».

Подписал, дату поставил, подвинул краснолицему — тот извлёк из пиджака очки, долго читал, потом снял очки, кивнул.

— Ты, говоришь, катал девочку на Русский?

Я кивнул.

— А видел там, в районе Бабкина, корейскую шхуну?

— Видел, — сказал я. — На камнях.

— Это были рыбаки. Они тоже от шторма уходили. Сколько их там было — неизвестно. Говорят, пятнадцать человек. Никто не выжил. Шхуну прибило к берегу уже пустую. Как «летучий голландец». Это я к тому говорю, что море шуток не прощает.

— Знаю, — сказал я.

— Вижу, что знаешь. Ты хороший парень. Я тебя понимаю. Я даже могу понять, зачем ты неопытную девочку с собой взял. Хотя мог бы на берегу оставить. Но она не захотела. Сказала — я с тобой! И ты её взял. Да? Так было?

Горечь подкатила к горлу, я едва не заплакал.

— Иди домой, — велел инспектор. — Отогревайся. Лодку мы задержали, пусть придёт владелец с документами, отец или кто там. Снимем с него объяснительную и отдадим. А ты иди. И будь на связи, тебя вызовут на допрос в полицию. Дело мы по-любому заведём, мы обязаны.

Я встал, попрощался и вышел.

Мне казалось, что я сам стал умирать от переохлаждения, все мои суставы выворачивало, сердце колотилось, перед глазами гуляли радужные всполохи.

А если она умрёт? Варя? Что мне тогда делать?

Я не смогу простить себе такого.

Этот краснолицый дядька всё правильно сказал.

Я должен был подумать, всё взвесить, разбудить весь остров, сбегать за фельдшером, — короче говоря, переложить ответственность на других, более взрослых и опытных.

А потом отойти в сторонку.

Перекладывать ответственность на взрослых — это очень удобно.

На родителей, на дедов.

Они сами этого хотят. Взрослые. Когда им говоришь — извините, я тут напортачил, делов наворотил, теперь вам разгребать, — они даже рады. Конечно, разгребём, отвечают; на то мы и взрослые; а ты иди домой, к маме.

Выбрел на улицу.

Амурский залив был весь в белых барашках, ветер срывал с них пену. Бетонный волнолом то и дело обдавало таким крепким душем, что я даже запоздало обрадовался: как это мы успели проскочить тогда с Путятина.

На телефоне было девять неотвеченных вызовов: от отца, от мамы, от Димаса, от Серёги Маримана и ещё с нескольких неизвестных номеров. И столько же входящих сообщений.

Я проверил.

Серёга Мариман написал: «Братан, помощь нужна?»

Димас написал: «Где ты? Давай я подъеду?!»

Отец написал: «Сын, позвони, или мне, или матери».

Я никому ничего не ответил, не позвонил, не написал, обшарил карманы — нашлось пятьдесят рублей бумажкой и что-то мелочью; отыскал магазин, купил пачку «Беломора» и зажигалку: хотел покурить, и чтобы покрепче.

Но первая же затяжка показалась мне кошмарной отравой, я закашлялся, ноги подогнулись; затушил, поспешно и без сожаления выбросил в урну и папиросу, и всю пачку.

Хлестал сырой ветер; шторм был в разгаре. Ливнёвки уже забились сломанными ветками и камнями, снесёнными со склонов потоками воды.

Вот-вот — и улицы выйдут из берегов. А потом начнут рушиться подпорные стенки, валиться деревья и тонуть машины. Даже в море выходить не нужно — шторм достанет и на суше.

Если бы я вышел в море не вчера, а сегодня — я бы утопил лодку, не дойдя и до середины залива.

Вспомнилось, как говорил один рыбак с Кунашира: «Океану никогда не верь, но и ругать его не смей».

10

Побежал пешком в больницу.

На бегу списался с Димасом, попросил приехать и привезти денег.

В больнице приёмные часы закончились, меня не пустили, пришлось бродить вокруг, стыть на ветру, ждать.

Локти и запястья до сих пор болели: я примерно двадцать часов не выпускал из рук румпель.

Если бы мне теперь предложили: мы тебя, Витя Старцев, посадим пожизненно, но девочка останется жива и здорова, — я бы с радостью согласился, тут же расписался бы во всех протоколах и сам бы в тюрьму побежал.

Но с другой стороны, по-настоящему виноватым я себя не чувствовал. Я решил, я сделал.

Какая разница, на чём везти в больницу умирающего старика: на телеге, на лодке, на самосвале, на велосипеде?

У меня была лодка — я повёз его на лодке.

Если бы можно было на велосипеде — я бы на велосипеде повёз.

Наконец, из дверей больницы вышел охранник, свистнул мне, махнул рукой; я побежал.

Варя лежала одна в палате; вся обвешанная трубками и проводами, бледная и похудевшая.

Стараясь не шуметь, я придвинул стул и сел рядом.

— Я всё время хочу спать, — тихо сказала она.

— Это ничего, — сказал я. — Так и должно быть.

— Говорят, деда завтра выпишут.

— Он тут, за стенкой, — сказал я. — Спит уже. Конечно, его выпишут. Он в норме. Он у тебя реально могучий. Он нас всех переживёт.

— Надо ему сказать... — прошептала Варя, — надо сказать, чтоб родителям не звонил... Ты передай ему, я его умоляю. Ни в коем случае.

— Конечно, — сказал я. — Твоих родителей впутывать не надо, сто процентов. Им это не понравится.

— Это точно, — сказала Варя и улыбнулась.

Только теперь у меня отлегло; я тоже тихо засмеялся и погладил её по тёплой узкой руке; не знаю, как обозначить это чувство; на меня словно пролился золотой свет.

Она жива, она в порядке, она даже улыбается.

Я был спасён.

Я даже почти заплакал.

Теперь, когда смертный кошмар отступил, я понял, насколько сильным был пережитый страх.

Все мои нервные резервы, всё, что позволяло мне держаться, разговаривать, ставить подписи под бумагами, ловить такси — всё иссякло, и когда я захотел встать со стула — я не смог. Ноги не слушались.

Меж тем две минуты истекли, и даже, наверное, пять минут, или десять, мне пора было уходить, однако я был способен только глупо улыбаться и держать Варю за горячее запястье.

Я бы хотел всегда быть рядом с тобой.

Я бы хотел всегда тебе помогать и во всём поддерживать.

Я старше тебя и сильнее, у меня больше опыта.

Я знаю, как устроен мир.

И я никогда не буду перекладывать ответственность на других; сам за всё отвечу.

Это называется «повзрослеть».

Просто будь со мной, и всё. Просто будь со мной.

Владивосток, Петербург — какая разница? Люди везде одни и те же.

— Витя, — позвала она. — Витя.

— Что?

— Не обижайся на меня. Это я виновата.

— Никто не виноват, — сказал я. — Спи. Я завтра приду. Ты чего-нибудь хочешь? Поесть?

— Ничего не хочу, — ответила Варя. — Может, завтра захочу. Приходи. Я буду ждать. И ещё. Попроси, чтоб мне отдали телефон...

— Не отдадут, — сказал я. — В реанимации телефоны нельзя. Потерпи немного, будет тебе и телефон.

Из палаты я вышел совсем другим человеком.

Мне казалось, что я всем должен. Всему миру. И Богу, конечно. Но насчёт Бога не уверен, я не особо врубаюсь в религию.

Но я достал телефон и позвонил всем, кто меня искал, всем всё объяснил, всё срастил и разрулил.

Первым делом — связался с отцом и всё изложил прямым текстом: лодку взял покататься, нас задержала ГИМС, лодка в порядке, но арестована и стоит во Владивостоке, где именно — не знаю, но обещают отдать.

— Хорошо погуляли, — ядовито прокомментировал папа.

— Мы не гуляли, — сказал я, — мы человека спасали. Потом ещё позвоню. Извини, отец. Я не хотел тебя подставлять.

— Да ладно, — ответил папа неожиданно спокойно. — Ты меня никак вообще не подставил. Разбирайся сам, если чего будет надо — звони. Деньги есть у тебя?

Это его любимый финальный вопрос, он задаёт его мне уже много лет — с тех пор, как я из армии пришёл.

Вопрос звучит обычно в самом финале, как бы подытоживая любую дискуссию: деньги есть у тебя? — Нет. — На, возьми.

— Есть, — сказал я. — Всё есть. Спасибо. Маме передай, что я в норме.

— Мама тут, — ответил отец, — рядом стоит, подслушивает. Давай, пока.

Я вернулся домой.

Думал, здесь ещё останется запах Вари — но на кровати, где мы с ней ещё недавно любили друг друга, теперь спал Димас, храпел, раскинув длинные руки и ноги.

— Команде вставать, произвести малую приборку! — сказал я.

Но Димас продолжал храпеть.

Я открыл холодильник — он был пуст, если не считать соевого соуса и морковки.

Жизнь продолжалась.

Нужно было сходить в магазин и купить еды, нужно было раздвинуть раскладушку и поспать. С утра нужно было ещё куда-то бежать, вызволять отцову лодку, искать медицинский полис и отвезти его в больницу, потом опять навестить Варю: движухи на целый день.

Вечером позвонил Серёга.

— Спустись, — сказал. — Поговорим. Я тут, подъехал. Это ненадолго.

Напрягся, но пошёл, конечно.

Перед Серёгой я был виноват: прогуливал третий день и ещё приторчал денег.

Серёга ждал, на ветру, возле своего джипа, белая рубаха, костюм, галстук в полоску, выбритые скулы — человек из параллельного мира, ещё более далёкого, чем далёкий Петербург.

Но заговорил не про деньги. Смерил меня критическим взглядом, показал жестом — садись на переднее сиденье; и сам сел.

— Что ты там исполнил? — спросил Серёга. — Весь город на измене. Лодку угнал, девчонку утопил. На тебя дело завели.

— Во-первых, не угнал, — возразил я. — Во-вторых, не утопил. Девушка жива.

— Слава богу, — сказал Серёга. — Но скажи мне, я не понимаю: на хрена ты вообще в море попёрся? Какой из тебя мореход? Ты же — малёк! Ты куда полез? Вчера на заливе было пять баллов, сегодня — семь! Тоже мне, судоводитель нашёлся! Тур, это самое, Херодрал!

— А что, нет? — спросил я.

Серёга вздохнул, разъял сумку, выдернул пачку корейских сигарет.

— Если девочка жива, — сказал он, — считай, ты легко отделался. Тебе предъявят штраф, тысяч сто, и лишат права управления водными судами, лет на пять. И это если потерпевшие не предъявят иск. Но если у девочки, допустим, будет надрыв сердечной мышцы — ей дадут инвалидность и ты будешь ей всю жизнь платить, понимаешь?

— Понимаю, — ответил я. — Чего тут не понять? Буду платить всю жизнь. Разберусь.

Серёга сильно затянулся.

— Короче, — произнёс он. — Я поговорил с Михалычем. Это который тебя допрашивал. Старший инспектор Коротенко. Хороший мужик, кстати; нашенский. Он сказал так: ты должен слить всю тему на старика. Перепиши объяснительную, Витя. Старик не против, сам хочет. Перепиши, — повторил Серёга, глядя на меня пристально. — Старику ничего не будет, и вся эта история останется у них внутри семьи. Между мамой, дедушкой и внучкой. А ты отойдёшь в сторону. Понял?

— Понял, — сказал я. — Но не буду. Дед был не при делах. Я его, этого деда, корячил на своём горбу, по грязи и по камням, чуть ноги не сломал.

Серёга ещё раз затянулся и выкинул сигарету.

— Ладно. Тебе видней. Мне нравится, что ты такой благородный. В этом что-то есть. Я правильно понял, что ты отказываешься переписывать объяснительную?

— Там всё правда, — ответил я. — Как было, так и написал.

— Добро, — сказал Серёга. — Дурак ты, конечно, Витя. Но — наш дурак. Свой. Врать вообще не умеешь. В этом твоё преимущество. Я поеду тогда. Деньги у тебя есть?

Этот вопрос, заданный мне второй раз за последние полтора часа, сильно меня взбесил, и я вытащил из карманов все свои мокрые стольники, сложил в плюху, в пачку — и поднял на уровень глаз.

— Вот.

— Держись, — сказал Серёга. — И не ссы, поможем. Сгинуть не дадим.

— Спасибо, Серёга, — сказал я. — Спасибо тебе за поддержку.

— Дурак ты, — ответил Серёга Мариман. — Кого мне поддерживать, если не тебя? Ты же — свой. Ты давай, глупостей не делай, со временем мы тебя поднимем. Концы срастим, всё наладим. Нормальных ребят не так много. В стране кадровый голод. Ты, короче, нужен. Ты однажды понадобишься.

И уехал.

Джип его канул в темноту, солидный, надёжный, как «Титаник».

Я вернулся в дом, сожрал морковку и полтора куска хлеба — последнее съестное. Сделал себе чаю, потом лёг и уснул.

Конечно, я переживал насчёт матери и отца.

Переживать жизнь родителей естественно, если ты их сын, их дочь.

Мы, дети, участвуем в их жизни, сами того не желая.

Они наивные, старомодные, иногда почти жалкие; они всё время смотрят глупый телевизор и ему верят.

Но мы, их дети, продолжаем от них зависеть. Вроде бы они — динозавры, олдтаймеры, — но в решающий момент мы всегда принимаем их помощь.

Мы берём их лодки; мы берём их деньги; мы ценим их любовь и пользуемся ею.

Следующий день я провёл в хлопотах и беготне.
Вдобавок проспал — и опоздал повсюду.
Деда выписали. Он вызвонил какого-то старого своего товарища, и тот прислал машину. Сразу из больницы дед уехал к себе на остров.

11

Через два дня Варю перевели из реанимации в терапию, а ещё через четыре дня выписали.

Её продержали бы и неделю, и дольше — но из Питера прилетел её отец и забрал дочь под свою ответственность.

Отца вызвал дед. Он, конечно, позвонил родителям Вари при первой же возможности. Наверное, правильно сделал. Мало ли что. Если дочь в реанимации — очевидно, необходимо известить родителей. Я на деда не в претензии.

Все эти дни я навещал Варю ежедневно, таскал ей еду. Предлагал самые лучшие и питательные штуки — крабовое мясо, гребешки, мидии, но Варя никаких морских гадов видеть не могла, а просила неизменно гамбургеры из «Макдоналдса». Только «Макдоналдса» у нас не было, как не было метро. Я носил ей еду из какого-то похожего заведения со словом «Бургер» в названии.

К нашим пян-се — паровым острым пирожкам с мясом и капустой — она отнеслась как-то без восторга.

Там, в больнице, я столкнулся с её отцом, очень красивым, загорелым, моложавым человеком, действительно похожим на свою дочь, он выглядел таким же инопланетянином, как сама Варя, он был точно так же одет — шикарно, но слишком легкомысленно для нашего приморского мая.

Я как раз входил, с круто пахнущим горячим бумажным пакетом (гамбургер, чизбургер, картошка и апельсиновый сок) — а он выходил.

— Вы куда? — спросил он сухо, почти враждебно, и преградил мне путь.

Я замялся, спрятал пакет за спину, изложил: так и так, Виктор, друг Вари, ужин ей принёс.

И Варя, уже набравшаяся сил, подтвердила с кровати: да, папа, это Витя, друг.

Я оставил пакет на одеяле, вернулся в коридор.

Он меня ждал, смотрел хмуро.

Думаю, его мрачность объяснялась тяжёлым перелётом и разницей часовых поясов.

— Это из-за меня, — сказал я. — Всё случилось из-за меня.

— Неужели? — ответил папа, усмехнувшись. — А дедушка говорит, что из-за него.

— Дедушка меня выгораживает.

— Зачем? — спросил папа.

— Не знаю, — ответил я. — Он думает, что меня посадят.

— А вы с ним друзья? — уточнил папа. — С дедушкой?

— Нет, — сказал я. — Скорее наоборот.

Загорелый папа покачал головой и посмотрел на часы.

— Это уже не важно, — сказал он. — У Вари сильное сердце. Она в норме. Что у вас ещё?

— Ничего, — сказал я. — Просто, ну... Вы должны знать, как всё было, на самом деле...

— Мы не будем писать заявление, — сказал загорелый папа. — Вы ведь это хотели спросить?

— Нет, — сказал я. — Не это.

Загорелый папа посмотрел на меня с некоторым интересом.

— Я был в полиции, — сказал он. — Действительно, на вас завели дело. Статью не помню, но там что-то насчёт нарушения правил безопасности движения на водном транспорте. До двух лет лишения свободы.

Я кивнул.

— Хоть десять. Главное, чтобы с Варей всё было хорошо.

— Варя, — сказал загорелый папа, — поедет домой.

— Конечно, — сказал я. — Разумеется.

— И вы не носите ей больше этот фастфуд. Лучше какой-нибудь местной еды. У вас же здесь икра и крабы!

— Она, — сказал я, — не хочет ни икры, ни крабов.

— Тогда фрукты. Она всегда ела фрукты. Она любит груши и виноград.

— Ясно, — сказал я. — Груши и виноград.

Загорелый папа помедлил.

— А вот я бы съел краба, — сказал он. — И гребешка. Раз уж сюда приехал. Где тут у вас можно к этому делу приобщиться?

— Записывайте адреса, — ответил я и продиктовал загорелому папе названия нескольких заведений, где клиенту всегда поднесут к столу живого краба с полуметровыми клешнями, свежайшего гребешка и ещё чего-нибудь. — А лучше позвоните браконьерам, сами всё привезут, ещё вкуснее и дешевле.

Папа всё записал и ещё уточнил:

— А если с собой взять? В самолёт?

— Лучше не надо, — сказал я. — Гребешка надо свежего есть. Можно заморозить, но это будет уже не то. Хотя в термопакете можете попробовать и свежего довезти. Икру, кстати, тоже. Главное — консервы не берите. Железо и консерванты всё убивают.

— Ладно, — сказал папа. — Спасибо, молодой человек. Имейте в виду, у меня к вам нет претензий. Что случилось — то случилось, и слава богу, что обошлось. У вас с Варей что-то серьёзное?

Это был хороший вопрос, и я не замедлил с ответом: кивнул.

— Да. Серьёзное.

Папа, слегка оттаявший в процессе разговора, снова обратился в жёсткого, собранного, уставшего.

— Сначала высшее образование, — отчеканил он. — Потом мальчики. Это моя позиция.

— Разумеется, — сказал я.

Мы пожали друг другу руки, и он ушёл.

Я даже имени его не спросил.

Мне показалось, что он вообще ничего не понял: где он оказался, что случилось с его дочерью, кто такой я, кто такой дедушка, капитан второго ранга, и что такое Владивосток.

Но во всё, что рассказывала про него Варя, мгновенно поверил.

И ещё подумал: хорошо, что у неё такой отец, сильный, красивый, спокойный, вдобавок — опытный врач.

Вернулся в палату — увидел, что содержимое пакета съедено, а Варя спит без задних ног.

Поправил одеяло, погладил по руке и свалил.

Последний раз мы виделись уже в здании аэропорта.

Её кроссовки «Нью Бэланс» так и пропали. Остались валяться на дне лодки, и кто-то их стырил. Или, может, просто выбросили, не разобравшись.

Мы поговорили с ней про эти проклятые кроссовки и посмеялись.

На регистрацию Варя и её папа встали к стойке бизнес-класса.

Помимо дочери, папа вывозил из Владивостока шесть полных термопакетов — думаю, там были икра, ноги краба и какая-то красная рыба. Не знаю точно, не спрашивал.

— Меня не жди, — сказала Варя. — Я больше сюда не вернусь. Я не могу видеть ни море, ни воду. Сразу страшно становится.

— Это пройдёт, — сказал я. — Кстати, у тебя в Питере тоже воды достаточно. И море есть.

— Там всё другое, — сказала Варя. — Даже не сравнивай.

— Пройдёт, — повторил я. — Все, кто тонут, потом боятся воды. Это может длиться годами. Известное дело. Потом проходит. Я сам два раза тонул.

Хотел ещё напомнить старую пиратскую поговорку: «Кому суждено быть повешенным — тот не утонет», — но не стал. Сказал другое:

— Скоро настанет жара, на твоём Путятине будет настоящий рай, лучше чем на Пхукете! Грязь подсохнет, на озере лотосы зацветут!

— Не уговаривай, — спокойно сказала Варя. — Теперь ты ко мне приезжай. Приезжай, как только сможешь. Обещай. Я буду ждать.

— Приеду, — сказал я. — По-любому. Сейчас тут проблемы порешаю, денег подкоплю — и считай, что я уже у тебя.

Мы обнялись, я её поцеловал.

— Только ненадолго, — сказал. — Надолго у меня нет возможности. Потом вернусь. Мой дом — здесь.

— Витя, — прошептала Варя, — зачем ты держишься за одно место? Вся страна — твой дом, весь мир, ты можешь жить, где хочешь. Ты просто не видел ничего, кроме своих островов и берегов, Витя! Открой глаза! Мир — огромен! Пожил во Владивостоке, поживи и в Петербурге! Не понравится — назад уедешь, какие проблемы?

— Ты права, — сказал я, — во всём, совершенно. Только мне сначала надо заработать на путешествие. Это первое. А второе — я тебя прошу, очень прошу, не надо считать меня дикарём. Ты приехала сюда и решила, что тут край света. Но у света нет краёв и нет центра. Свет — везде.

— Витя, — сказала она, — я не хочу вот так расставаться. Просто скажи, что ты приедешь.

— Обещаю.

— Каждый день, — сказала она, — в одиннадцать утра я буду писать тебе. В это время у тебя будет шесть часов вечера этого же дня. Ты как раз будешь уходить с работы...

— Тогда лучше в двенадцать, — возразил я, — по вашему времени. По нашему будет семь вечера.

— Договорились. По нашему времени — в полдень, по вашему — семь вечера.

— Каждый день. Сеанс связи, как у судовых радистов. Три минуты молчания.

— Да. Каждый день.

— Обязательно.

— Да.

Подошёл папа, основательно принявший перед полётом, помахал рукой.

— Посадку объявили.

— Папа, — сказала Варя в сердцах, — подожди, пожалуйста!

Папа сделал миролюбивый жест и отвалил; теперь, в пьяном виде, он казался мне уже не столь молодым и бодрым: усталый, озабоченный, отцу моему ровесник.

— Витя, — сказала Варя, — если бы ты знал, как я тогда испугалась, в этой воде. Это был ужас, я дышать не могла. Я была согласна умереть, лишь бы это всё кончилось. Но это не кончалось. Когда ты меня вытащил — я ничего не поняла и, если честно, до сих пор не понимаю. Какая-то другая жизнь началась. Всё сдвинулось. Какие-то люди и вещи приблизились, другие люди, наоборот, отдалились. Я знаю, это называется простым словом «повзрослела», но для меня в этом слове нет никакой простоты, всё это, наоборот, сложно и непонятно...

— Ничего, — сказал я. — У всех так. Мне вот двадцать шесть почти, думаешь, я повзрослел? Я такой же, как и ты. Я в этом тоже путаюсь. В тридцать лет ты вроде бы уже взрослый, а в двадцать пять — вроде бы ещё не взрослый. Это какие-то мантры, глупая нумерология, за которой нет реального содержания. Что такое взрослый, как это определить? Мой друг Димас, он же Дима Плотников, в девятнадцать лет пришёл из армии — а у его мамы новый сожитель, и в квартире Димасу места не было уже, и он пошёл устроился курьером в почтовую службу, и снял койку в гостинке с одним соседом. И так он повзрослел. Какая разница, кто когда взрослеет? Это происходит со всеми, так или иначе. Я вот в свои двадцать шесть почти — взрослый. Но если кто-то, такой же малый, как я, в свои двадцать шесть ещё не взрослый, сидит у родителей на подсосе и играет в «Контр-Страйк» — я его не упрекну. В любом случае каждому его доля достанется...

— Ты взрослый, Витя, — сказала она. — И мне это нравится.

И мы снова обнялись.

Я не верил, что она улетит; мне казалось, что она всегда была тут, со мной, что я целую жизнь с нею провёл.

Думал: может, самолёт ещё задержат.

Я попросил Вариного отца отойти в сторону.

— Запишите мой телефон. Пусть у вас будет. А я запишу ваш.

Загорелый папа не возразил, достал увесистый айфон и вбил цифры моего номера, и записал, и продемонстрировал мне экранчик:

ВИТЯ ШТОРМ ДРУГ ВАРИ ВЛАДИВОСТОК

Без запятых; запятые ставить ему было неохота, наверное.

Может, у них, у инопланетян, так было принято.

— А почему «шторм»? — спросил я.

— Ну, — ответил папа, — это же всё случилось из-за шторма?

Я не возразил. Пусть будет «Витя Шторм». Как пират или бандит какой-нибудь.

Хотел ему сказать — при чём тут шторм, ветер у нас всегда, это вообще ничего не значит; не в шторме дело.

Помахал Варе рукой.

Папа обнял её за плечи и увёл — на посадку.

Самолёт не задержали.

12

В то лето я не смог прилететь к Варе в Петербург.

Обещал, клялся — но помешали обстоятельства.

В полиции с меня взяли подписку о невыезде; я не мог ни улететь, ни уехать никуда.

Государственная машина работала медленно. Следствие затянулось на два месяца — я так и не понял почему, что там было расследовать? — и ещё столько же длился суд; слушания непрерывно откладывались.

Сначала я страшно нервничал и боялся, но потом надоело бояться, и я равнодушно, раз в две недели, приходил и садился в клетку, выслушивал судью: заседание переносится; уходил.

Мне повесили две статьи: причинение вреда здоровью по неосторожности и нарушение правил эксплуатации водного транспорта, обе — «лёгкие».

«Лёгкая» статья — так говорил мой адвокат; если до двух лет — это «лёгкая» статья, значит.

Василий Филиппович приезжал на каждое заседание, в полной парадной форме морского офицера, в чёрном кителе, в фуражке, при медалях. Только без кортика.

Судья и прокурор обходились с дедом подчёркнуто осторожно.

На одном из заседаний выяснилось, что капитан второго ранга Коломиец, военный пенсионер, при увольнении в запас получил от государства квартиру в городе Фокино, но прожил там недолго: продал недвижимость и перебрался на остров Путятина.

— Подальше от всех! — объяснил он, краснея от волнения. — На развал и бардак смотреть не могу! Как офицер — возмущён и протестую! И даже голосовать не хожу! Банду Ельцина — под суд!

— Товарищ капитан второго ранга, — возразил ему судья, — так ведь Ельцин скончался давно.

— Но банда — осталась! Всех призвать к ответу! А то выходит вон как! Мальчишку судить моментально собрались, а главные преступники до сих пор гуляют!

Еле его успокоили.

Хорошо, что он был без кортика.

То, что я нахожусь под судом, вдруг добавило мне уважения со стороны товарищей. Как будто я уже отсидел лет пять и вернулся весь в наколках и на понтах.

Димас и Серёга Мариман приходили в зал, садились в первом ряду и сверлили судью выразительными взглядами.

Во втором ряду обычно садились мать и отец.

Несколько раз мне звонили журналисты и просили что-то рассказать, но я их посылал. Так мне посоветовал адвокат.

Никакой шумихи, говорил он, иначе тебя сделают козлом отпущения, срок дадут, чтоб всем прочим было неповадно гонять на лодках в шторм с пассажирами, приезжими туристами.

Адвоката наняли родители.

Адвокат всё упирал на то, что мне светит реальный срок.

Он меня так застращал, что я приходил на суд с битком набитой сумкой: готовился заехать на тюрьму. В сумке, плотно утрамбованные, покоились трусы, носки, фуфайки, три пачки чёрного чая и блок сигарет.

Но не пригодились.

Адвокат сказал: кто своими ногами на суд приходит — так же и уходит.

Вот и я ушёл.

Хотя готовился к худшему.

Меня пожалели — дали год условно, и ещё штраф в пятьдесят тысяч рублей, и ещё на пять лет лишили права управления водными средствами передвижения. Хотя как можно лишить того, чего у меня и не было?

Что пожалели — это мне адвокат сказал.

Прокурор обвинял меня в глупости и легкомыслии и просил год тюрьмы.

Адвокат принёс характеристики из школы и с места моей армейской службы, и за этот ход я его зауважал, адвоката. Мне бы и в голову не пришло просить характеристику из воинской части, а адвокат сделал, и огласил вслух, и ещё пальцем тряс: подсудимый — порядочный человек, гражданин своей страны, отдал долг Родине и так далее.

Мне показалось, что все они были за меня, и прокурор, и судья, и адвокат, все смотрели с симпатией, никто не желал, чтоб я поехал по этапу — и я не поехал.

Каждый день, ровно в семь вечера, Варя присылала мне сообщение или звонила.

Сначала мне было очень плохо без неё.

Ещё недавно, в апреле, я вообще не подозревал о существовании маленькой синеглазой девушки из Петербурга — а в июне и июле она мне снилась каждую ночь.

Что она для меня сделала? Почти ничего.

Что я сделал для неё? Тоже мало. Развлёк. Поддержал. Показал город с обеих сторон, с берега и с моря. Выполнил функции экскурсовода.

Но что-то осталось. Ощущение, что она, эта девушка, появилась в моей жизни не просто так.

Я бы мог проехать поворот из Камня на находкинскую трассу на полчаса раньше или позже — и никогда бы её не встретил.

Но мы оба оказались там ровно в ту минуту, когда было нужно.

Варя поступила на лечебный факультет Медицинской академии имени Мечникова и прислала мне фотографию: счастливая до невозможности, в белом халате, короткая стрижка, и вокруг ещё четыре хохочущих подружки, все — красавицы.

Мы в тот день созвонились, я её поздравил, проговорили два часа.

Когда я прилечу в Петербург — не знаю. Сейчас пока отдаю долги.

Мне пришлось купить новую машину: двадцатилетнюю «короллу»-универсал, рабочую овощевозку, на рессорах. Ни разу не «целика», конечно. Но пешком во Владивостоке — никак.

Конечно, при желании я мог бы выкроить деньги на билет в Петербург — не столь велика сумма; но тогда люди, которым я должен, сказали бы: ничего себе, нам торчит, а сам в Питер к подруге летает!? Широко живёт!

Разумеется, я предложил матери и отцу компенсировать все их расходы на адвоката, но мать с отцом только пожали плечами.

Вообще, мне показалось, что они пережили всю эту историю спокойно.

Для меня это было кошмаром, для них — не более чем неприятностью.

Таковы плюсы сепарации. Родители привыкли, что я — самостоятельный человек со своей отдельной жизнью.

Отец однажды попросил меня приехать. Сказал: я тебе одолжу денег, купи себе в городе лодочный гараж. И я отдам тебе свою старую «резинку» и старый мотор. У тебя будет своя лодка и свой гараж.

Но я отказался.

Конечно, это очень приятно, когда у родителей есть деньги и они тебе предлагают помощь. Но сейчас мне точно не до лодки.

У нас — сезон, сентябрь, в городе полно туристов, корейцы, китайцы, хабаровчане, вода — плюс двадцать, пляжи и рестораны переполнены, Димас работает без выходных, у него завелись деньги; он собирается разорвать наш с ним братский альянс и снять отдельную хату. Тоже — сепаратист.

Старика видел два раза: сам приезжал к нему на Путятин, в гости.

Старик радовался мне, как родному, но всё ругал, что я деньги перевожу. Приезжай, говорил он, когда сезон кончится, сейчас билет на паром стоит сто пятьдесят рублей, а в октябре уже опять будет десять рублей, как при коммунизме.

Я просил капитана дать почитать его рукопись о Камрани, но старик отказывался наотрез и важно объяснял: это не для тебя написано, а для отдалённых потомков. Всему, сказал, своё время.

Чтобы помнили, значит, как страна утратила военно-морское могущество.

А я ему возражал: почему утратила? Мы ведь ещё здесь! Вон и корабли вокруг Путятина ходят, тарахтят дизелями.

Владивосток стоит на месте, никуда не делся.

И Фокино, и Большой Камень.

И мы — тоже на месте, и любим эти берега и эти бухты, и мы тут счастливы.

СОДЕРЖАНИЕ

Часть первая 5
Часть вторая 126

знак информационной продукции **16+**

**Рубанов Андрей Викторович,
Авченко Василий Олегович**
ШТОРМОВОЕ ПРЕДУПРЕЖДЕНИЕ
Роман больших расстояний

Редактор **Г. А. Петров**
Художественный редактор **А. В. Никитин**
Технический редактор **М. П. Качурина**
Корректор **Л. С. Барышникова**

Сдано в набор 19.11.2018.
Подписано в печать 29.12.2018.
Формат 84×108/$_{32}$.
Бумага офсетная № 1.
Печать офсетная.
Гарнитура «Newton».
Усл. печ. л. 11,76.
Тираж 2000 экз.
Заказ № 1904960.

Издательство АО «Молодая гвардия». Адрес издательства: 127055, Москва, Сущевская ул., 21. Internet: http://gvardiya.ru. E-mail: dsel@gvardiya.ru

arvato
BERTELSMANN
Отпечатано в полном соответствии с качеством предоставленного электронного оригинал-макета в ООО «Ярославский полиграфический комбинат» 150049, Ярославль, ул. Свободы, 97

ISBN 978-5-235-04304-6

НОВЫЙ МОЛОДОГВАРДЕЙСКИЙ ПРОЕКТ

ВЫШЛА В СВЕТ КНИГА:

Д. Л. Быков
«ОБРЕЧЕННЫЕ ПОБЕДИТЕЛИ. ШЕСТИДЕСЯТНИКИ»

Поколение шестидесятников оставило нам романы и стихи, фильмы и картины, в которых живут острые споры о прошлом и будущем России, напряженные поиски истины, моральная бескомпромиссность, неприятие лжи и лицемерия. Книга известного писателя, поэта, историка литературы Дмитрия Быкова включает в себя творческие портреты ведущих мастеров русской прозы, принадлежащих к этому поколению.

gvardiya.ru

НОВЫЙ МОЛОДОГВАРДЕЙСКИЙ ПРОЕКТ

ВЫШЛА В СВЕТ КНИГА:

Д. Л. Быков
«СЕНТИМЕНТАЛЬНЫЙ МАРШ. ШЕСТИДЕСЯТНИКИ»

Шестидесятые годы XX века — особая эпоха в истории русской поэзии, когда она собирала многолюдные залы и стадионы, становилась мерилом истины и учебником жизни. О творческих судьбах ведущих поэтов поколения шестидесятников — не только всем известных Евтушенко, Вознесенского, Ахмадулиной, но и неожиданных в этом контексте Бориса Слуцкого и Иосифа Бродского — рассказывает сборник биографических очерков известного поэта, писателя, публициста Дмитрия Быкова.

gvardiya.ru

НОВЫЙ МОЛОДОГВАРДЕЙСКИЙ ПРОЕКТ

ВЫШЛА В СВЕТ КНИГА:

Н. М. Долгополов
«ГЕНИИ РАЗВЕДКИ»

Эта книга — своеобразный творческий отчет писателя Николая Долгополова. 25 лет назад он опубликовал свой первый материал об Абеле — Фишере и с тех пор написал около двух тысяч статей и 12 книг, которые стали бестселлерами. Дважды лауреат литературной премии Службы внешней разведки (СВР), сценарист трех полнометражных фильмов, показанных на Первом канале, комментатор сотни документальных фильмов и телепередач о разведке. Даже снялся в заглавной роли знаменитого Кима Филби! Главное отличие «Гениев разведки» от других произведений подобного рода: многих своих любимых героев Долгополов хорошо знал лично и поддерживал с ними добрые отношения долгие годы.

gvardiya.ru

НОВЫЙ МОЛОДОГВАРДЕЙСКИЙ ПРОЕКТ

ВЫШЛА В СВЕТ КНИГА:

В. С. Антонов
«КЕМБРИДЖСКАЯ ПЯТЁРКА»

Во второй половине 1930-х годов в Англии советским разведчиком-нелегалом Арнольдом Дейчем была сформирована агентурная группа, впоследствии получившая известность как «Кембриджская пятёрка». В нее вошли выпускники привилегированного Кембриджского университета Джон Кернкросс, Гай Бёрджесс, Ким Филби, Дональд Маклин и Энтони Блант. Поступавшая от «пятёрки» информация касалась в первую очередь состояния вооруженных сил Германии и отношения к СССР союзников по антигитлеровской коалиции. В течение длительного времени «Кембриджская пятёрка» являлась для Москвы наиболее продуктивным источником документальной информации, и не случайно бывший директор ЦРУ Аллен Даллес назвал ее «самой сильной разведывательной группой времен Второй мировой войны».

gvardiya.ru

НОВЫЙ МОЛОДОГВАРДЕЙСКИЙ ПРОЕКТ

ВЫШЛА В СВЕТ КНИГА:

Н. М. Демурова
«ЛЬЮИС КЭРРОЛЛ. ПОРТРЕТ ИЗ ЗАЗЕРКАЛЬЯ, ИЛИ ПРАВДА О СТРАНЕ ЧУДЕС»

Может показаться, что у этой книги два героя. Один — выпускник Оксфорда, благочестивый священнослужитель, педант, читавший проповеди и скучные лекции по математике, увлекавшийся фотографией, в качестве куратора Клуба колледжа занимавшийся пополнением винного погреба и следивший за качеством блюд, разработавший методику расчета рейтинга игроков в теннис и думавший об оптимизации парламентских выборов. Другой — мастер парадоксов, изобретательный и веселый рассказчик, искренне любивший своих маленьких слушателей, один из самых известных авторов литературных сказок, возвращающий читателей в мир детства. Как почтенный преподаватель математики Чарлз Латвидж Доджсон превратился в писателя Льюиса Кэрролла? Почему его единственное заграничное путешествие было совершено в Россию? На что он тратил немалые гонорары? Что для него значила девочка Алиса, ставшая героиней его сказочной дилогии? На эти вопросы отвечает книга Нины Демуровой, замечательной переводчицы, полвека назад открывшей русскоязычным читателям чудесную страну героев Кэрролла.

gvardiya.ru

НОВЫЙ МОЛОДОГВАРДЕЙСКИЙ ПРОЕКТ

ВЫШЛА В СВЕТ КНИГА:

Г. М. Прашкевич, С. В. Соловьев
«ТОЛКИН. ДОН С БЫЧЬЕГО БРОДА»

Уже много десятилетий в самых разных странах люди всех возрастов не только с наслаждением читают произведения Джона Р. Р. Толкина, но и собираются на лесных полянах, чтобы в свое удовольствие постучать мечами, опять и опять разыгрывая великую победу Добра над Злом. И все это придумал и создал почтенный оксфордский профессор, педант и домосед, благочестивый католик. Он пришел к нам из викторианской Англии, когда никто и не слыхивал ни о каком Средиземье, а ушел в конце XX века, оставив нам в наследство это самое Средиземье густо заселенным эльфами и гномами, гоблинами и троллями, хоббитами и орками, слонами-олифантами и гордыми орлами; маг и волшебник Гэндальф стал нашим другом, как и благородный Арагорн, как и прекрасная королева эльфов Галадриэль, как, наконец, неутомимые и бесстрашные хоббиты Бильбо и Фродо. Писатели Геннадий Прашкевич и Сергей Соловьев, внимательно изучив произведения Толкина и канву его биографии, сумели создать полное жизнеописание удивительного человека, сумевшего преобразить и обогатить наш огромный мир.

gvardiya.ru

НОВЫЙ МОЛОДОГВАРДЕЙСКИЙ ПРОЕКТ

ВЫШЛА В СВЕТ КНИГА:

Е. В. Глаголева
«РОКФЕЛЛЕРЫ»

Почти двухвековая история семьи Рокфеллер, давшей миру промышленников, банкиров, политиков, меценатов и филантропов, первого миллиардера и одного из американских вице-президентов, тесно переплетается с историей США от Гражданской войны до наших дней. Их называли кровососами, а созданную ими крупнейшую в мире нефтяную компанию — спрутом, душившим Америку; считали кукловодами, управляющими правительством, — и восхищались их умением поставить на промышленную основу всё, даже благотворительность. Рокфеллеры коллекционировали предметы искусства, строили особняки — и вкладывали деньги в образование и здравоохранение. Благодаря им существуют Рокфеллеровский университет, Музей современного искусства и Линкольн-центр. На их деньги осуществлялись самые разные проекты в Китае, Греции, Мексике, Франции, Израиле; с ними имели дело лидеры СССР и России от Хрущева до Ельцина. Что из этого правда, а что домыслы? Ответ дает книга Екатерины Глаголевой о всемирно известном клане, в пяти поколениях сохранившем свои семейные ценности, принципы воспитания и кредо — делать то, чего еще не делал никто.

gvardiya.ru

НОВЫЙ МОЛОДОГВАРДЕЙСКИЙ ПРОЕКТ

ВЫШЛА В СВЕТ КНИГА:

А. К. Якимович
«ВАСИЛИЙ КАНДИНСКИЙ»

Василий Васильевич Кандинский (1866—1944) — один из самых ярких и оригинальных мастеров искусств XX века. Его главным достижением считается абстрактная живопись, относимая к золотому фонду авангардного искусства. Кроме того, он был незаурядным литератором, драматургом и театральным режиссером, теоретиком искусства и педагогом, разработавшим свою методику преподавания искусств. В книге предлагается психологический портрет художника, погруженного в сомнения и поиски, внутренние коллизии, трудные отношения и споры с временем и современниками. Драматические повороты судьбы мастера были таковы, будто он прожил несколько жизней. На страницах книги читатель обнаружит многочисленную плеяду людей искусства и исторических личностей, с которыми Кандинский имел те или иные отношения, — от живописцев России и Германии до крупнейших музыкантов и поэтов разных стран, а также мыслителей и ученых начала и первой половины XX века.

gvardiya.ru

НОВЫЙ МОЛОДОГВАРДЕЙСКИЙ ПРОЕКТ

mr NEXT

Уже изданы и готовятся к печати:

Н. Долгополов
«ГЕНИИ РАЗВЕДКИ»

Г. Прашкевич, С. Соловьев
**«СТИВЕН ДЖОБС.
НАРЦИСС ИЗ КРЕМНИЕВОЙ ДОЛИНЫ»**

В. Антонов
«КЕМБРИДЖСКАЯ ПЯТЕРКА»

К. Роке
«БРЕЙГЕЛЬ. МАСТЕРСКАЯ СНОВИДЕНИЙ»

С. Михеенков
«ЖУКОВ. МАРШАЛ НА БЕЛОМ КОНЕ»

Н. Михайлова
**«ИВАН БАРКОВ. ПЫЛКОГО ПЕГАСА
НАЕЗДНИК УДАЛОЙ»**

gvardiya.ru

НОВЫЙ МОЛОДОГВАРДЕЙСКИЙ ПРОЕКТ

mr NEXT

Уже изданы и готовятся к печати:

Е. Матонин
«ЯКОВ БЛЮМКИН. "ЧЁРНЫЙ ЧЕЛОВЕК"»

Г. Прашкевич, С. Соловьев
«ТОЛКИН. ДОН С БЫЧЬЕГО БРОДА»

Д. Быков
«ОБРЕЧЕННЫЕ ПОБЕДИТЕЛИ. ШЕСТИДЕСЯТНИКИ»

Н. Демурова
«ЛЬЮИС КЭРРОЛЛ. ПОРТРЕТ ИЗ ЗАЗЕРКАЛЬЯ, ИЛИ ПРАВДА О СТРАНЕ ЧУДЕС»

В. Калгин
«ВИКТОР ЦОЙ. ПОЁМ ВМЕСТЕ С ТОБОЙ»

Д. Быков
«СЕНТИМЕНТАЛЬНЫЙ МАРШ. ШЕСТИДЕСЯТНИКИ»

gvardiya.ru

ИНФОРМАЦИЯ ДЛЯ ОПТОВЫХ ПОКУПАТЕЛЕЙ

*Склад
издательства «Молодая гвардия»
находится в центре Москвы
по адресу:
Сущевская ул., д. 21
ст. м. «Новослободская», «Менделеевская»*

**В отделе реализации действует
гибкая система скидок**

**Доставка книг по территории
Москвы и Московской области
БЕСПЛАТНО**

ТЕЛЕФОНЫ ОТДЕЛА РЕАЛИЗАЦИИ
8(495) 787-64-20
8(495) 787-62-92
ТЕЛЕФОНЫ СКЛАДА
8(495) 787-65-39   8(495) 787-63-64